조해진

KB106837

2004년 《문예중앙》에 작품을 발표하며 등단했다. 소설집 『천사들의 도시』『목요일에 만나요』『빛의 호위』, 장편소설 『한없이 멋진 꿈에』『로기완을 만났다』『아무도 보지 못한 숲』『여름을 지나가다』『단순한 진심』이 있다. 신동엽문학상, 젊은작가상, 이효석문학상, 김용익소설문학상, 백신애문학상, 형평문학상, 대산문학상을 수상했으며 『여름을 지나가다』로 제17회 무영문학상을 수상했다.

여름을 지나가다

여름을 지나가다

조해진

장편소설

오늘의
작가 총서

33

민음사

차례

6월

그건, 꿈이었을까.

어머니의 캄캄한 몸 안으로 눈부시게 환한 빛이 스며들
어 온 순간, 민은 누군가의 마지막 숨소리를 들었다. 아직
세상으로 나가지도 않았고 눈도 뜨지 못한 상태였지만 이
상하게도 그의 숨소리뿐 아니라 그의 얼굴, 그의 살결, 심지
어 조금씩 흐리게 변해 가는 그의 눈동자 빛깔마저 하나하
나 감각적으로 인지됐다. 마지막 숨을 내쉰 사람은 옆 침대
에 누워 있던 노인이었다. 그의 심장은 곧 멈췄고 뼈마디가
그대로 드러난 마른 몸은 단단하게 굳어 가기 시작했다.

나중에 안 일이지만, 민은 실제로 분만실이 아니라 응급
실에서 세상의 첫 번째 빛을 보았다. 토요일 새벽, 아버지가
없는 빈집에서 예사롭지 않은 진통을 느낀 어머니는 혼자
택시를 잡아타고 어렵게 병원에 도착했지만 분만실이 이미

꽉 찬 상태였으므로 응급실 간이침대에서 온몸을 비틀며 통증을 견디고 있어야 했다. 그때 어머니의 몸은 2센티미터나 열려 있었고 두 다리는 흘러나온 양수로 미끄러웠다.

어느새 나타난 의사는 가운 주머니에서 꺼낸 펜 라이트로 노인의 눈동자 안쪽을 비추며 주의 깊게 살펴보다가 이내 고개를 내저었고, 곁에서 간호사는 시계를 한번 흘끗 본 뒤 차트에 임종 시간을 기록했다. 병원 철제 침대에서 한 인간의 죽음은 그렇듯 정해진 절차에 따라 차갑게 증명되고 있었다. 생의 시작은 어머니의 뜨거운 숨결로 보호받지만 그 끝에서는 철저하게 혼자일 수밖에 없다는 것이 마치 하나의 불가해한 기호처럼 민의 여린 심장에 각인되어 갔다. 민의 수명을 측정할 세계의 시계는 아직 작동도 되지 않았지만 민은 이미 그 모든 시간을 경험한 듯 피곤했고, 또한 막막하게 슬펐다. 어떤 강한 힘이 민을 잡아당기고 있었지만 민은 그 힘에 끌려 나가지 않겠다는 듯 최대한 작게 몸을 웅크렸다. 울먹였을까. 아마. 그러나 아무리 애를 써도 어머니의 몸 안엔 숨어들 만한 여분의 공간이 없다는 걸 깨달았을 때 민은……

천천히 고개를 들었다.

병원 응급실에서부터 35년 넘게 세계의 시계에 순응해 온 거울 속 민의 얼굴이 고요한 물속에 잠긴 듯 테두리 없이 너울거리고 있었다. 목이 마르면 샘을 찾아가는 무구한

초식동물처럼 민은 자신이 살아 있다는 게 의심될 때마다 이곳으로 거울을 보러 왔다. 그럴 때 가구점의 화장대 거울은 다른 누구도 앗아 가거나 침범하지 못하는, 오로지 민 혼자만 향유할 수 있는 무기질 조각이 되었다. 가구점의 잔잔한 어둠, 그 어둠 속에 느슨히 스며 있는 깊은 정적, 그리고 그 앞에 앉은 사람을 성실하게 복원하지 못하는 흐릿한 거울의 불명료함, 민이 좋아하는 건 그런 것들이었다. 흐릿한 거울 속에서 흐릿한 자신이 흐릿한 표정을 지어 보이면 흐릿한 생애가 상상됐다. 가령 일정 기간 살다가 미련 없이 죽고 그 죽음에서 빠져나온 뒤엔 아무것도 모르는 순진한 얼굴로 다시 태어나는, 그러니까 일생이란 개념으로는 규정될 수 없는 태어남과 죽음의 끊임없는 반복. 그런 식의 삶은 기차 같은 거라고 민은 생각했다. 수많은 칸들이 연결된 기차처럼 각기 다른 생애들이 길게 이어져 전체 삶을 완성하는 것이다. 어제의 눈물을 기억하지 않고 내일의 포부 따위 갖지 않는, 그저 그 순간만을 살다가 죽는 것이 가능하다면 응급실의 노인을 떠올리며 미리 슬픔에 잠식될 필요도 없을 터였다.

민은 화장대 의자에서 일어나 쇼핑백에 담아 온 전기 주전자와 2리터짜리 생수를 4인용 식탁 위에 올려놓았다. 전기 주전자에 물을 부어 콘센트와 연결한 뒤 전원 버튼을 누르자, 이내 물 끓는 소리가 우산 위로 떨어지는 빗소리처럼 들려오기 시작했다. 서랍장 안엔 지난번에 갖다 놓은 인스턴트커피 한 상자와 종이컵 한 줄이 포장도 뜯기지 않은 채 그대로 들어 있었다. 민은 종이컵과 인스턴트커피 하나씩을 꺼내 지금 막 끓은 물을 부어 커피를 탔다. 필요 이상 달기만 한 인조적인 맛의 커피를 한 모금씩 아껴 마시며 고가의 원목 가구 사이를 걷자 비밀스러운 숲 한가운데를 가로지르고 있는 듯 몽롱한 기분이 밀려왔다. 걷는 걸 멈추지 않는다면 길도 계속될 것 같은 한밤의 산책, 그렇게 생각하며 민은 눈을 감았다.

1층 상가, 공급 면적 132.64제곱미터, 전용률 79퍼센트, 보증금 4500만 원에 임대료 320만 원. 보증금은 적당한 수준이지만 한 달 임대료는 비교적 높게 책정된 편. 근처에 또 다른 가구점이 없어 접근성이나 연계성이 매우 낮음. 매물 관리 장부에서 읽은 이 가구점에 대한 기록은 그랬다. 장부에는 없는 내부 사정도 민은 이미 들어 알고 있었다. 이곳은 세입자가 권리금 요구도 없이 6개월 전부터 급매로 내놓았으나 문의를 해 오는 업자가 거의 없는 버려진 상가라고 정 대표는 말했었다. 임대인은 지난 1년 동안 지불되지 않은 임대료를 보증금에서 차곡차곡 삭감해 왔는데 곧 남은 보증금마저 바닥이 날 거라고도 했다. 보증금이 제로가 되는 날, 임대인은 이곳에 있는 가구와 장식품들을 멋대로 처분할지 모른다. 민도 가구점 임대인을 잘 알고 있었다. 어제도, 그리고 지난주의 어느 날에도 그는 민이 일하는 중개 사무소를 찾아왔었다. 퇴임한 의사로 알려진 그는 일주일에 한 번씩 이 근방의 중개 사무소를 돌며 상가들의 임대료 수준을 체크하는 중이었다. 가구점을 내보낸 뒤 허용 범위에서 최대치의 임대료로 새 상가를 들이려는 그의 계획은 지나치게 노골적이어서 오히려 모른 척하고 싶을 때가 많았다.

장사를 하려면 작게 시작할 것이지, 무슨 생각으로 처음부터 그렇게 큰 상가를 얻었는지, 원.

이 가구점의 내부 사정을 한바탕 설명한 정 대표는 혀끝을 차며 덧붙여 말했다. 그가 최근에 폐업한 이 근방의 또 다른 상가들을 나열하는 동안 민은 얼굴을 찡그린 채 컴퓨터 화면만 뚫어지게 건너다보고 있었다. 재활용 센터 같은 곳에 헐값에 팔려 갈 가구들과 길가에 버려지거나 폐기 처분될지 모를 장식품들, 텅 비게 될 가구점, 가구점의 흔적을 지우고 새로 들어설 상가, 그런 장면들로 상상이 뻗어 나가자 걷잡을 수 없이 상실감이 밀려와 정 대표의 말에 집중할 수가 없었다.

민은 사업에 실패한 목수를 본 적 없지만, 그가 얼마나 혼신의 힘을 다해 이 가구점을 준비했을지는 충분히 짐작할 수 있었다. 버려진 상가라는 말을 듣고 호기심에 찾아왔다가 단박에 이곳에 매료된 것도 가구점 구석구석에 밴 목수의 열정이 그대로 전해져서였다. 한 사람의 강도 높은 노동과 경건한 염원의 시간이 은닉된 장소, 어쩌면 그것이 이 가구점의 정체성인지도 몰랐다. 이곳의 가구들은 원목 재질의 수공예품으로 하나같이 우아하고 섬세했다. 가구뿐만이 아니었다. 물고기 모형의 벽시계와 코끼리 세 마리가 사이좋게 새겨진 와인랙에도, 액자와 보석함에도, 심지어 손가락만 한 목각 인형에도 조각칼의 흔적이 있었다. 목수는 가구에 딸린 부속품을 구매할 때도 더없이 신중했을 것이다. 침대 이불이며 식탁보, 쿠션은 원목 가구와 어울리는 은은한 색감이었고 조명 기구나 식탁 위의 도자기 꽃병은 앤티크풍의 쇼핑몰에서나 구할 수 있는 제품이었다. 식탁 위 냅킨을 지그시 누르고 있는 말간 조약돌을 발견했을 때, 민은 끝내 웃고 말았다. 대체 어디에서 이런 조약돌까지 주워 온 걸까. 민은 목수에게 궁금한 게 많았다. 저가의 조립식 가구가 흔해지고 다국적 가구 브랜드가 인기를 끄는 이때에 어쩌자고 이 서울 변두리에 자신만의 왕국을 건설한 것일까, 심지어……

심지어 그는, 이곳에 무지개의 시간까지 창조해 놓았다.

민은 철제 셔터가 내려와 있는 캄캄한 쇼윈도 쪽으로 시선을 돌렸다. 쇼윈도 안쪽 오른편에는 무지갯빛 셀로판지가 아치형으로 덧붙여져 있었는데, 그건 햇빛 좋은 날 이 가구점 어딘가에 무지개가 뜨도록 유도하는 신비로운 장식이었다. 만약 셔터가 내려와 있지 않다면, 그리고 지금이 햇빛이 일렁이는 한낮이라면, 빛의 기울기에 따라 조금씩 움직이다가 어느 순간 장롱이나 서랍장, 혹은 침대 속으로 스며들 무지개를 볼 수 있을 터였다. 어디로 가는지 알 수 없는 무지개를 눈으로 좇다 보면 잠시나마 잊을 수 있지 않을까. 과오나 거짓을, 후회와 미련을, 혹은 삶의 스위치가 꺼질 때까지 부둥켜안고 있어야 하는 한 인간의 어리석음을, 그 전부를.

민은 커피를 다 비운 종이컵을 식탁 위에 올려놓은 뒤 더블침대 쪽으로 걸어가 양팔을 벌린 채 그대로 뒤로 누웠다. 흐린 하늘색의 차렵이불이 부드럽게 몸을 감싸 주었다. 천장에는 다섯 개의 전구와 수십 개의 비즈로 이루어진 샹들리에가 매달려 있었다. 샹들리에에 조명을 켜 본 적은 없으므로 민은 그 빛의 세기나 감도를 알지 못했다. 아무리 셔터가 내려와 있다 해도 항상 조심해야 했다. 빈 상가에 중개 사무소 직원이 허락도 없이 드나드는 것이 발각된다면 여러 문제가 생길 수밖에 없었다. 어쩌면 고소를 당할 수도 있을 것이다. 조명은 화장대 위의 작은 스탠드 하나면 충분했다.

한참을 불 꺼진 샹들리에와 다이아몬드 무늬의 도배지를 올려다보는데, 차근차근 차오르는 감정도 없이 갑작스럽게 눈물이 흘러내리기 시작했다. 눈물을 흘리면서도 왜

우는지 알 수 없는 상황이 민은 당혹스러웠다. 어쩌면 감정과 상관없이 울 수 있다는 것 자체에 아무도 모르게 위로를 받고 있는 건지도 몰랐다. 그런 생각이 들자 얼굴을 적시는 뜨거운 눈물이 바로 닦아 내어 처리해야 하는 끈적끈적한 체액에 지나지 않는다고 여겨졌고, 민은 주먹으로 얼굴을 훔친 뒤 침대에서 벌떡 일어나 가방을 챙겼다.

민이 드나드는 문은 건물의 공용 화장실로 이어지는 뒷문이었다. 화장대 위의 스탠드를 끈 뒤 뒷문 쪽으로 한 발 한 발 걷다가 민은 문득 걸음을 멈추었다. 허리를 굽혀 손으로 어두운 바닥을 더듬자 무언가가 잡혔다.

발에 밟혔던 그건, 투명 비닐우산이었다.

*

그녀는 누구일까.

종이컵에 묻은 립스틱 자국은 이곳을 드나드는 사람이 여자라는 것을 알려 주는 무언의 증거였다. 6월이 되면서 수호는 자신 외에도 이 공간에 잠시 머물다 가는 사람이 또 있다는 걸 어렴풋이 감지하게 됐다. 그녀는 다소 부주의해서 그동안 여기저기에 흔적을 남겼다. 침대 시트가 흐트러져 있기도 했고, 식탁 의자 등받이에 세워 놓은 쿠션이 앞으로 엎어져 있기도 했다. 서랍장이 열리거나 장식용 목각 인형이 틀어져 있는 걸 발견한 적도 있었다. 식탁 위에 새로 놓인 전기 주전자와 2리터짜리 생수병을 내려다보며 수호는, 그녀가 이제부터 좀 더 대범하게 이 가구점을 드나들기로 한 모양이라고 생각했다. 빈 가구점에서 인스턴트커피를 마시는 게 어쩌면 그녀의 유일한 취미인지도 몰랐다. 그런데…… 수호는 미심쩍은 눈길로 손에 든 종이컵을 다시 한번 찬찬히 들여다봤다.

그런데, 그녀는 어떻게 여기에 들어올 수 있었던 걸까.

철제 셔터는 쇼윈도뿐 아니라 앞문까지 덮고 있으므로 그녀가 이용하는 출입구는 자신처럼 뒷문일 텐데, 뒷문에 장착된 전자 키의 비밀번호를 아는 사람은 수호의 가족과 상가 임대인이 다였다. 임대인은 노년의 남자이며 그에게는 장성한 아들만 둘이라고 들었다. 혹시 여동생일까. 아니, 여동생일 리는 없다. 처음부터 수호는 여동생을 염두에 두지도 않았다. 동생은 이 가구점을 끔찍이도 싫어했고 인스턴트커피라면 공짜라도 마시지 않았다. 동생에게 하루라도 여유가 생긴다면, 갓 볶은 원두로 내린 테이크아웃 커피를 들고 백화점이나 강남의 쇼핑가를 배회하고 있어야 어울렸다. 동생의 취미는 고급 매장을 돌아다니며 사지도 않을 옷을 수십 벌씩 입어 보는 거니까. 게다가 종이컵 바닥에 남은 커피가 아직 마르지 않은 걸 보면 그녀가 방금 전 이곳에 다녀갔다는 걸 추측할 수 있는데, 오늘은 동생이 집 근처 제과점에서 자정까지 아르바이트를 하는 날이었다.

립스틱이 묻은 이 종이컵을 발견하기 전까지, 사실 수호는 가구점을 드나드는 사람이 아버지일 거라고 생각해 왔다. 비록 그는 석 달째 방에서 한 발짝도 나오지 않고 있지만 빈집에서의 동선까지는 아무도 모르는 영역이었다. 이곳에서 돈으로 치환되지 못한 채 서서히 쓰레기더미가 되어 가는 가구들을 보고 만지고 냄새 맡는 아버지의 모습을 수호는 몇 번이나 머릿속으로 그려 보곤 했다. 자신이 직접 원목을 사 와서 재단하고 짜 맞추고 천연 페인트로 칠까지 마친 침대, 장롱, 화장대와 식탁을 젖은 눈동자로 보고 또 보는 아버지의 모습은 절망이란 감정을 드러내는 하나의 표준적인 이미지 같다고 생각한 적도 있었다.

수호는 종이컵을 식탁 위 제자리에 도로 올려놓았다. 그녀가 누구인지는 알 수 없지만, 그녀로 하여금 이 버려진 공간을 나눠 쓰는 또 다른 사람이 있다는 걸 굳이 눈치채게 하고 싶지 않았다. 아니, 그 누구에게도 자신의 정체를 드러내는 게 수호는 싫었다. 수호는 잠시 빼 놓았던 이어폰을 다시 귀에 꽂고는 침대에 털썩 주저앉았다. 가방 안주머니에서 휴대전화를 꺼내 전원 버튼을 누른 뒤 부재중 전화 목록과 도착한 문자메시지들을 하나씩 지웠고 읽지 않은 메일들을 삭제했다. 수호는 그날의 흔적을 남김없이 지우기 위해 하루에 딱 한 번 휴대전화를 켰다. 어차피 수호에게 오는 연락이란 대출금 상환을 재촉하는 경고이거나 신상품을 홍보하는 광고뿐이었다.

수호는 휴대전화를 도로 끄려다 말고 구글 지도 앱을 열었다. 지도를 보면 상상할 수 있어서 좋았다. 교차하는 선들과 무수한 사각형들이 전부지만, 그 선과 도형 안은 어떤 장면으로든 채워질 가능성이 있는 무한의 공백이기도 했다. 상상 속에서 수호는 북해의 빙하를 가르는 유람선을 탔고 지중해의 부드러운 모래 해변을 걸었으며 남미의 뒷골목에서 자유롭게 춤을 추는 여자들과 웃으며 인사를 했다. 몇 번의 고비 끝에 설산 정상에 오르기도 했고 모래바람이 나부끼는 사막의 천막촌에서 누군가 건넨 독한 밀주를 마시기도 했다. 걷고 먹고 마시고 자고, 다시 걷고 얘기하고 웃고 취하고, 그리워하고 기억하고 되새기는 인생…… 여행 작가, 여행 전문 기자, 여행 가이드. 학창 시절 수호는 장래 희망을 묻는 질문지를 받을 때마다 이 세 개의 직업을 번갈아 쓰곤 했다. 작가든 기자든 가이드든, 수호에게는 여행 뒤에 붙는 직업의 종류는 중요하지 않았다. 그저 마음껏 여행을 다닐 수만 있다면 무슨 일을 해도 좋을 것 같았고, 가끔은 자신에게 꿈이 있다는 것 자체에 만족하기도 했다.

머저리

수호는 구글지도 앱을 닫은 뒤 문자 메시지에 그렇게 썼다. 전송 버튼을 누르자 메아리인 양 곧 응답이 왔다.

머저리

오늘의 첫 번째 사적인 메시지를 수호는 골똘히 들여다봤다. 이내 웃음이 났다. 아무리 생각해도 머저리가 맞았다. 여행이 유일한 꿈이면서도 지금껏 해외여행은커녕 비행기 한번 타 보지 못한 머저리. 고등학교 때 학년 전체가 수학여행으로 중국 청도에 갔을 때도, 수학 능력 시험이 끝나고 어울려 다니던 녀석들이 단체로 일본 도쿄로 도깨비 여행을 떠났을 때도, 수호는 동네의 어둡고 습기 찬 피시방에서 신경질적으로 키보드를 두드리고 있었다. 부모님은 늘 바쁘게 일했고 자신 역시 간간이 아르바이트를 하며 용돈 정도는 스스로 벌어 왔지만 이상하게도 여행을 떠날 수 있는 돈은 좀처럼 손에 쥐어지지 않았다. 아버지가 가구점을 열 무렵에는 빚까지 졌는데, 부모님은 수호와 여동생에게 그 사실을 밝히지 않았다. 그리 큰돈은 아니었으므로 곧 갚을 수 있을 거라고 계산했다지만 결과적으로 그 대출금은 3분의 1도 상환되지 못했다. 차례로 신용 불량자가 되고 이자도 제때 낼 수 없게 된 뒤에야 부모님은 2년 사이 급속도로 나빠진 경제 상황을 알렸다. 부모님 대신 수호가 대출을 받아 급한 빚을 갚은 적도 있었지만 결국엔 그 대출금마저 빚이 되었고, 수호도 곧 각종 금융 기관에 신용 불량 등급으로 등록됐다. 그 와중에도 가구는 팔리지 않았고 빚은 점점 더 몸집을 키워 갔다. 독촉 전화가 걸려 왔고 협박성 이메일이 날아왔다. 수호는 휴대전화를 꺼놓은 채 지내기 시작했고 이메일은 하나의 계정만 남기고 모두 정리했다. 아버지의 얼굴 한쪽에 마비가 온 것도, 그가 일그러진 채 마비된 그 얼굴을 감추기 위해 불 꺼진 방으로 숨어들어 간 것도, 숨어 버린 그를 제외한 나머지 가족들이 일자리를 찾아 나서게 된 것도 모두…….

모두, 작년 겨울의 일들이었다.

너는대체왜사는거냐

수호는 수신자 칸에 또 한 번 자신의 번호를 입력한 뒤 문자를 보냈다. 너는대체왜사는거냐 문자가 온 그 순간, 수호는 곧바로 다시 썼다.

왜사는거냐고머저리야안들려?

기계 장치를 통과한 메시지는 실수나 착오 같은 걸 몰랐다. 수많은 전파에 교란되지도, 누군가의 악의적인 장난에 포획되지도 않은 채 지정된 목적지로 정확하게 도착한 메시지는 감정 없이 수호에게 되물었다. 왜사는거냐고머저리야안들려?

종이컵 여자의 취미가 소나무로 짠 식탁에서 맛없는 인스턴트커피를 마시는 거라면, 내 취미는 메이플 침대에 앉아 지도를 보거나 내 번호로 문자를 보내는 건가, 수호는 생각했다. 혼잣말을 하기 싫어서, 아버지처럼? 그럴지도 몰랐다. 수호는 아버지의 혼잣말을 들을 때마다 희망이나 의지가 남아 있지 않은 한 사람의 내적인 종말을 지켜보는 것 같아 불편했다. 새벽에 거실로 나가면 소파에서 잠을 자는 어머니의 코 고는 소리 사이로 아버지의 혼잣말을 들을 수 있었다. 대부분 원색적인 욕설이었다. 처음엔 아버지가 누군가와 통화를 하는 거라고 생각했지만 안방에는 전화기가 없었고 그의 휴대전화는 이미 작년 겨울에 요금 체납으로 정지됐다. 수호는 아버지가 스스로에게 욕을 하고 있다는 사실을 받아들일 수밖에 없었다. 실패한 인생의 증거들은 그렇게 때때로 무방비로 노출됐다. 칩거, 거대한 침묵, 그리고 혼잣말. 수호는 아버지의 칩거, 아버지의 침묵, 아버지의 혼잣말을 동정했으나 무모하고 무능한 목수에게는 아무런 감정도 갖지 않았다.

그러기 위해, 노력했다.

수호는 곧 휴대전화를 껐다. 세계와 도로 단절된 휴대전화를 바지 주머니에 넣고 두 팔을 뒤로 포개며 몸을 길게 뻗어 보았다. 근데 왜 축축하지, 생각한 순간, 수호는 벌떡 일어나 자신의 손가락과 베개의 젖은 부분을 번갈아 쳐다 봤다. 종이컵 여자의 두 번째 취미는 이것인가, 영원히 팔리지 않을 판매용 침대에 누워 우는 것? 아직 물기가 남아 있는 걸 보면 그녀는 가구점을 나서기 직전 눈물을 쏟은 게 분명했다. 어깨를 들썩이며 통곡하듯 울었을까, 아니면 손으로 입을 틀어막은 채 숨죽여 흐느끼고 말았을까. 절망의 자세는 둥글었을까, 날카로웠을까. 상처 난 낙과(落果) 같았을까, 싹트지 못한 씨앗 같았을까. 수호는 여러 감각을 동원하여 우는 여자의 모습을 상상하다가 이내 그만두었다. 혼자 우는 신원 미상의 여자는 혼자 말하는 초로의 남자를 닮았을 것이다, 마치 똑같은 운동복을 입고 나란히 출발선에 서 있는 마라토너들처럼. 아버지를 닮은 사람이, 아버지의 실패한 상가에서, 아버지가 만든 침대에 누워 울다가 가는 것이다. 그리고 보니…….

그리고 보니, 수호 자신도 이 버려진 가구점을 아무도 몰래 정기적으로 방문하고 있다.

어디로 가야 하는지 몰라 어리둥절한 얼굴로 앞만 보며 달리는 세 명의 동행자가 마음속에 그려지기 시작했다. 수호는 반사적으로 몸서리쳤다. 서둘러 침대에서 내려가 스탠드를 껐고 바닥에 내려놓았던 가방을 챙겨 멨다. 이제 수호는 여행 작가나 여행 전문 기자, 여행 가이드를 꿈꾸지 않았다. 아버지처럼 살지 않는 것, 그것이 지금 수호가 꿈꾸는 미래의 전부였다.

*

"직접 보시면 분명 마음에 드실 거예요. 근처에 지하철역 있으니 교통도 좋고 4인 가족이 살기에 평수도 적당하고요. 아시겠지만 요즘은……."

민은 문득 말을 멈추고 룸 미러로 중년 부부를 흘끗 보았다. 각자 다른 방향으로 고개를 돌리고 있는 부부는 민의 말을 새겨듣는 것 같지 않았다. 윗집에 미취학 아동이 살고 있는 건 아닌지, 전 입주자 가족 중에 병자는 없었는지, 주변에 가장 가까운 임대 아파트는 어디에 있는지, 심지어 같은 동에 애완동물을 키우는 호수는 얼마나 되는지, 그런 세세한 질문까지 해 대는 고객도 피곤하지만 이렇게 무슨 말을 해도 별다른 반응을 보이지 않는 고객 역시 감당하기 힘든 부류이긴 마찬가지였다.

"요즘은 아파트가 최고의 투자처이기도 하잖아요. 서울의 브랜드 아파트라면 그중에서도 최고의 투자처고요."

횡단보도 앞에서 브레이크 쪽으로 발을 옮기며 민은 다시 말을 이어 갔다. 뻔한 말로라도 일단 대화를 이끌어 내야 했다. 중요한 건 계약이었다. 6월 들어 올린 실적이라곤 고작 두 건이 전부였고, 그마저도 중개 수수료를 많이 받을 수 없는 월세 위주의 계약이었다. 아파트 매매 계약이 성사되면 이번 달의 부진한 실적은 충분히 만회될 수 있었다. 마음이 다시 급해졌다. 민은 과장되게 상냥한 말투로 다시 말했다.

"근데 사모님, 정말 동안이세요. 저는 처음 보고 제 또랜 줄 알았다니까요."

뒷좌석에서 무슨, 하는 여자의 목소리가 그제야 들려왔다. 민은 문득 이 상황에 강한 기시감을 느꼈다. 그러고 보니 작년 늦봄과 초여름 내내 민은 종우와 함께 중개 사무소의 고객으로 김포와 송도, 일산 같은 신도시를 돌아다니고 있었다. 서울 안에서는 집을 구할 처지가 아니었고, 그나마 직장에서 가까운 서울 근교를 택한 것이다. 종우와 매일같이 만나고 싸우던 그때, 어느 날은 저렇게 거리를 두고 앉아 아무 말 없이 차창 밖만 바라보기도 했을 것이다. 두 분 정말 잘 어울리세요, 정말로요. 언젠가 운전 중이던 중개 사무소 직원이 이런 말을 했던 기억이 났다. 직원의 목소리에서 진심 같은 건 전해지지 않았지만 상관없었다. 어쨌든 그 말 덕분에 종우와 민은 서로를 봤고 그제야 그 날 처음으로 웃었으니까.

신호가 바뀌었다. 토요일 오후 2시, 손자국으로 얼룩져 있는 승용차 앞창 너머의 잿빛 서울은 느리게 돌아가도록 조정된 화면처럼 나른해 보였다.

목적지 근처에 도착하자 다른 세계의 입구를 알리는 이정표 같은 아파트 상호가 눈에 들어왔다. 저 브랜드의 아파트 거실 창가에 서서 와인 한 모금을 들이켜며 세상을 굽어보던 광고 속 여배우의 얼굴이 떠올랐다. 오늘도 나의 하루는 특별합니다. 잔잔하게 깔리던 내레이션은 이런 내용이었던가. 이 도시에서 브랜드 아파트란 저마다의 이름을 가진 성(城)이었다. 성곽 밖의 사람들에게 생의 가시적인 목표와 결국 그 목표를 이루지 못할 거라는 절망적인 박탈감을 동시에 안겨 주는 도시 안의 도시 같은 것. 성곽 밖을 기웃거리는 사람들 속엔, 그리고 나처럼 중개 수수료를 받아내기 위해 그 안으로 들어가고 싶어 하는 누군가의 욕망을 부추기는 배역도 있는 것이다. 민은 늘 그렇게 생각했다.

아파트 현관문이 열리자 순한 분유 냄새가 훅 끼쳤다.

문을 열어 준 전세 세입자는 민보다 열 살은 어려 보이는 젊은 주부였다. 신발을 벗고 안으로 들어서자 이미 이사 준비를 시작했는지 거실 여기저기에 쌓여 있는 상자들이 보였다. 1년 전, 수십 채의 아파트를 둘러본 뒤 가까스로 계약한 일산의 아파트에도 주로 인터넷으로 주문한 택배 상자들이 널려 있곤 했다. 텔레비전과 전자레인지 같은 가전제품부터 스탠드, 그릇 세트, 욕실 슬리퍼, 커플 잠옷까지. 이제 막 인테리어를 마쳐 페인트 냄새가 진하게 밴 그 아파트에서 상자들은 비밀 하나씩을 품은 요정들의 집처럼 보이기도 했다. 민은 그 상자들을 대부분 풀어 보지 못했다. 결혼식이 취소된 이후 환불 가능한 제품들은 배송비를 지불하며 모두 돌려보냈고, 미처 영수증을 챙기지 못하여 환불이 안 되는 것들은 자취하는 집으로 상자째 가져가 장롱 속에 쌓아 둔 뒤 문을 잠갔다.

방 안에서 아기가 울자 여자는 서둘러 방으로 들어갔고, 그새 거실 벽지와 발코니의 타일을 다 살펴본 부부는 이제 욕실의 수도를 점검하기 시작했다. 발코니 창을 통해 빗소리가 흘러들어 왔다. 장마전선은 소멸하지 않고 서울까지 북상한 모양이었다. 민은 발코니로 나가 부부 중 한 명이 열어 놓은 창문을 닫았다. 6월 중순, 이렇게 몇 번 더 잿빛의 비가 내리고 나면 살인적인 더위가 온 도시를 잠식하는 열대의 나날이 시작될 것이다. 민은 발코니 창문에 이어 거실 창문까지 닫은 뒤 창틀에 묻은 얼룩을 손가락으로 지우며 부부 쪽을 흘끔 쳐다봤다. 그들은 현관 앞에 서서 낮은 목소리로 이야기를 주고받고 있었다. 의견 타진이 길어진다는 건 계약까지는 어렵다는 신호일 수도 있다. 성분과 출처를 알 수 없는 창틀 얼룩은 좀처럼 지워지지 않았다.

한참 후에야, 남자 혼자 민에게 다가와 건조한 목소리로 말했다.

"다 좋은데, 요즘 아파트 가격이 요동치고 있어서 걱정이 앞서네요. 아무래도 일주일 정도 더 고민해 봐야 할 것 같습니다."

"저, 손님, 이 아파트는 근방의 중개 사무소에 모두 등록되어 있는 1순위 매물이에요. 하루라도 계약이 지체되면 다른 고객이 선점할 가능성이 그만큼 높다는……."

"그렇다고 쉽게 결정할 수는 없지 않습니까."

남자는 민의 말을 자르며 정색했다. 그런 남자를 굳은 얼굴로 맞바라보지 않기 위해, 오히려 이해한다는 뜻이 전달되도록 상냥한 미소를 지어 보이기 위해 민은 노력했다. 중개 사무소 직원에게 필요한 가장 큰 자질은 어떤 상황에서도 웃을 수 있는 여유와 연기력이다. 부부가 계약 포기 의사를 밝힌 건 아니니 섣부르게 짜증을 내어 일을 망치는 대신, 아직 가능성이 있다고 믿으며 끝까지 친절하게 대하는 편이 나았다.

민은 부부를 다시 차에 태워 근처 지하철역까지 바래다주었고, 지하철역 앞에 도착해서는 그들보다 먼저 차에서 내려 우산을 보관해 둔 트렁크를 열었다. 트렁크에는 두 개의 우산이 있었다. 하나는 늘 가지고 다니는 검은색 접이식 우산이었고 다른 하나는 나흘 전 가구점에서 주운 투명 비닐우산이었다. 민은 그중 검은색 우산을 꺼내 방금 둘러본 아파트 도면과 함께 남자에게 건넸다. 매물의 도면을 챙겨 주는 것까지가 현장 안내 업무에 포함되어 있었다.

남자는 부담스러운 듯 괜찮다고 말하면서도 도면과 함

께 우산을 받았다. 민은 오른손으로 전화기 모양을 만들어 보이며 꼭 연락해 달라는 제스처를 보냈고 부부는 어색하게 고개를 끄덕인 뒤 지하철역 쪽으로 걸어갔다. 우산을 빌미로……. 무방비로 비를 맞다가 그들이 시야에서 완전히 사라진 뒤에야 비닐우산을 펴며 민은 생각했다. 우산을 빌미로, 저들을 한 번은 더 만나도록 상황을 만들어야 한다. 만약 월요일까지 그 아파트가 다른 중개 사무소에서 계약되지 않는다면 말이다. 전화보다는 얼굴을 마주보며 얘기하는 게 두세 배는 효과적이라고 정 대표도 말하지 않았던가. 하지만……. 하지만 그들은 전화하지 않을 것이다. 민은 알 수 있었다. 남자가 아파트 가격에 대한 걱정을 드러낼 때부터 민은, 이번 계약이 성사되지 못하리란 걸 예감했다.

민은 다시 승용차에 올랐다.

이제 차를 중개 사무소가 있는 건물 지하에 주차해 놓고 퇴근하면 되었다. 한낮의 무료함을 견디며 횡단보도 앞에서 신호를 기다리는데 며칠 전에 읽은 인터넷 기사가 자꾸만 머릿속을 비집고 들어왔다. 곧 다가올 그의 1주기를 맞아 시청 대한문 앞에 분향소가 마련되었다는 기사였다. 민은 도심 한복판에 허상인 듯 세워져 있을 낡은 분향소를 상상하다가 충동적으로 핸들을 꺾어 유턴을 했다. 정 대표는 현장 업무용 승용차를 사적으로 사용하는 것에 질색하지만 다행히 오늘 그는 출근하지 않았다.

비가 오는 토요일 오후의 도로 상황은 좋지 않았다. 가다 서다를 반복하다가 시청 근처에 도착했을 땐 운전대를 잡은 지 두 시간이나 지나 있었다. 인도 가까이에 차를 세운 뒤 비상등을 켜 놓은 채 차에서 내리자 성급하게 찾아온 젖은 어둠이 발밑에서부터 쌓여 가는 게 보였다. 투명 비닐우산을 폈다. 빗방울이 우산에 떨어져 방사형으로 퍼지며 흘러내리는 게 우산 안에서 다 보였다. 분향소는 쉽게 찾을 수 있었다. 경찰들 때문이었다. 광목 재질의 천막으로 엉성하게 만들어진 분향소 주위에 잿빛의 우비를 입은 경찰 수십 명이 차렷 자세로 서 있었다. 얼핏 봐도 하나같이 지루해하는 앳된 얼굴들이었다. 분향소 앞 테이블엔 젊은 남자 두 명이 서명을 받고 있었고 그들 옆엔 모금함도 보였다. 민은 일단 테이블 쪽으로 걸어가 모금함에 지폐를 넣었고 다른 사람의 이름으로 서명을 했다. 주저하다가 분향소로 들어서자 담요를 덮고 앉아 있던 상복 차림의 중년 여성이 부스스 자리에서 일어나 민에게 허리를 숙였다. 얼결에 맞절을 하고 주위를 두리번거리는데 제단에 놓인 영정 사진이 눈에 들어왔다. 평범하지만 구체적인 얼굴이었다. 실제로 만난 적은 없지만 너무 깊이 연루되어 있는 사람, 나와 연루되지 않았다면 이곳이 아닌 다른 곳에 머물렀을 수도 있는 사람, 어쩌면…….

어쩌면 이 모든 상황이 자신에게서 비롯되었을지도 모른다는 마음의 가정이 또다시 민을 괴롭혔다. 생각을 가둘 수 없다는 것이, 억누르면 억누를수록 더 집요해진다는 것이 원망스럽기까지 했다. 민은 영정에 절도 올리지 않은 채 그대로 돌아섰다. 아무런 의욕이 없어 보이는 상복 차림의 여성은 민을 잡지 않았고 말을 걸어오지도 않았다. 벗어 놓은 구두를 대충 꿰어 신고 입구에 두었던 비닐 우산을 챙겨 분향소에서 뛰쳐나온 민은 맹목적으로 앞만 보며 걸었다. 가까스로 승용차로 돌아간 뒤 정신없이 시동을 거는데, 몇 대의 관광버스가 몰려오더니 곧 수십 명의 사람들이 버스에서 내리는 모습이 앞창 너머로 보였다. 버스에서 내린 사람들은 중국인 관광객으로 보였고, 그들은 저마다 우산 하나씩을 펼쳐 든 채 여기저기서 포즈를 취하며 사진을 찍었다. 분향소 앞에서도 그들의 사진 촬영은 이어졌다. 여기에도 누가 사나 봐. 도심 한복판에서 캠핑 같은 걸 하려면 대체 돈을 얼마나 내야 하는 걸까? 어쩌면 그들은 신기해하며 그런 대화를 나누고 있는지도 몰랐다. 테이블에서 서명을 받던 두 명의 젊은 남자들은 팔짱을 낀 채 무력하게 관광객들을 지켜보고 있었고, 인파에 가려진 분향소는 반투명한 테두리의 공간처럼 사라지고 나타나길 반복했다.

민은 곧 핸들을 꺾어 차선 안쪽으로 차를 몰았다.

　엘리베이터는 7층에서 끝났다. 옥상으로 가려면 별도의 계단을 이용해야 했다. 엘리베이터에서 내려 열두 개의 계단을 오르는 동안 수호는 그 계단들이 일종의 사다리 같다고 생각했다. 사다리를 다 오르면 지금보다 시급이 1150원 더 책정된 세계에 닿을 수 있다. 이를테면 사다리의 끝에서 펼쳐지는 플러스 1150원의 세계, 가을쯤에 예정된 입대 때까지 가능하면 수호는 그 세계에 머물고 싶었다.

　무지개와 풍선들이 그려진 철제문 앞에서 수호는 잠시 숨을 골랐다. 쇼핑센터에서 창고 물품을 매대로 실어 나르거나 카트를 정리하며 석 달 넘게 일해 왔지만 지금껏 이 문을 열어 본 적은 한 번도 없었다. 옥상에 뭐가 있는지 알고 싶지도 않았고 알아야 할 필요성을 느껴 본 적도 없었다. 출근하면 일하기 바빴고 일이 끝나면 탈의실에서 옷을 갈아입자마자 쇼핑센터를 나섰다. 쇼핑센터에 머무는 동안엔 최대한 말을 아꼈고 직원들과 사적으로 어울리지 않았으며 회식 자리에는 가능한 참석하지 않았다. 본명이라든지 원래 나이를 발설하는 실수를 하지 않으려면 그러는 편이 나았다. 아니, 반드시 그래야 했다. 끼리끼리 몰려다니면서 대충 시간만 때우다 가는 또래의 시급 임시직들과는 달리, 주어진 시간 내내 입을 꽉 다문 채 묵묵히 일만

30

하는 수호는 종종 직원들의 칭찬을 받았다. 창고 일을 총괄하는 최 과장이 옥상의 놀이공원 보조 스태프 자리를 소개해 준 건 그런 과묵한 성실성이 좋게 보였기 때문이란 걸 수호도 짐작할 수 있었다.

그럼 일 마치고 퇴근하기 전에 옥상에 한번 올라가 봐. 거기 담당자한테 내가 선우 씨에 대해 얘기해 놓을 테니까.

시급에 대해 듣자마자 관심을 보이는 수호에게 최 과장은 그렇게 일러 준 뒤 창고를 나섰다. 오늘 아침, 출근 직후의 일이었다. 최 과장의 말에 따른다면, 수호는 이 문 너머에서 박선우라는 이름으로 일종의 면접을 봐야 하는 것이다.

수호는 천천히 문을 밀었다. 문이 열린 순간, 초여름의 저녁 대기를 가로지르는 작고 둥근 비눗방울이 가장 먼저 눈에 들어왔다. 투명하게 빛나는 비눗방울 속엔 그 크기와 모양에 맞는 세상이 하나씩 들어가 있었는데, 수호에게 그곳은 허공에 세워진 도시처럼 아주 멀어 보였다. 비눗방울 사이로는 크고 작은 놀이 기구들과 뛰어노는 아이들이 보였고, 놀이 기구 뒤편에 자리한 짙은 파랑의 파라솔에는 아이들의 보호자로 보이는 한 무리의 여자들이 모여 앉아 한가롭게 대화를 나누는 중이었다. 그동안 이토록 느린 속도로 흘러가는 풍경을 머리 위에 이고 일해 왔다는 것이 수호는 비현실적으로 느껴졌다. 마침 불안한 자세로 수호의 눈앞을 한 발 한 발 걸어가던 여자아이가 자기 발에 걸려 넘어지더니 큰 소리로 울기 시작했다. 수호는 반사적으로 아이에게 다가가 두 팔을 겨드랑이에 끼워 일으켜 세운 뒤, 아이가 넘어지면서 놓친 오르골을 주워 안겨 주었다. 단조의 멜로디에 맞춰 느리게 춤을 추는 인형이 살고 있는 오르골이었다. 허리를 수그려 아이의 바지에 묻은 먼지도 살살 털어 주는데, 어느 순간 아이와 눈이 마주쳤다. 아이는 낯선 사람의 친절에 경계심을 드러내고 싶었는지 눈물을 뚝 그치고는 입술을 뾰로통하게 내민 채 수호의 행동을 지켜보고 있었다. 수호는 웃고 말았다. 끝이 뾰족하게 올라온 보라색 신발이 뚜벅뚜벅 걸어와 수호 앞에 멈춰 설 때까지 어쩌면 그렇게 계속 웃고 있었는지도 모른다.

보라색 신발은 이제 막 켜진 야외 조명을 등지고 서 있었다. 아이가 수호에게서 벗어난 뒤에야 수호는 자리에서 일어나 마법사 복장을 한 여자를 마주 봤다. 여자는 거품기를 들고 있었는데, 아래에서 올려다봤을 때의 느낌과 달리 작고 왜소했다. 별무늬가 촘촘히 박힌 검은색 망토는 헐거워 보였고, 고깔모자 속 짙게 화장한 얼굴은 앳돼 보이기만 했다. 여자는 시력이 나쁜지 수호의 유니폼 셔츠에 꽂힌 이름표에 얼굴을 바짝 들이대더니, 잠시 후 밝은 목소리로 말했다.

"어, 창고에서 보내 준다던 사람 맞네."

박선우, 여자는 방금 그 이름을 읽었다.

이제 이름표에 적혀 있는 그 이름으로 자신을 소개할 차례인데 박선웁니다, 라는 말은 이번에도 쉽게 나오지 않았다. 선우 씨, 선우 학생, 박 알바……. 쇼핑센터에서 수호는 줄곧 그렇게 불려 왔지만 그 호칭들에 단번에 반응을 보인 적은 거의 없었다. 선우 씨, 선우 학생, 박 알바가 자신이라는 것을 늘 한 박자 늦게 알아차렸던 탓이다. 침묵하는 수호에게 여자가 먼저 거품기가 들려 있지 않은 오른손을 내밀었다. 수호는 생전 처음 악수를 하는 사람인 양잔뜩 위축된 자세로 여자가 내민 손을 느슨하게 잡았다.

"난, 연주예요. 이연주. 여기 담당자."

맞잡은 손은 차갑고 꺼칠꺼칠했다. 여자의 몸이란 하나같이 따뜻하고 부드러울 거라고 막연하게 생각해 온 수호는 당황했다. 그녀의 손바닥은 뼈와 살로 이루어진 신체 기관이 아니라 한 사람이 지나온 생애를 기록한 기호인 듯 수호에게 무슨 말인가를 걸어오는 것 같기도 했다. 수호는 이 짧은 순간의 감촉이 아주 오랜 시간이 지난 뒤에도 또렷하게 기억날 것 같다는 예감에 사로잡혔고, 동시에 그 예감이 낯설어 얼굴을 붉혔다.

악수가 끝나자 그녀는 수호를 옥상 구석에 마련된 사무실로 데려갔다. 사무실이라고 그녀는 말했지만 그곳은 컨테이너박스에 문과 창문을 낸 간이 건물이었고, 에어컨도 없어서 몹시 더웠다. 팔뚝과 겨드랑이에 땀이 맺히는가 싶더니 사무실에 밴 화장품 냄새 때문인지 이내 얼굴까지 화끈거렸다. 태연한 척 주위를 두리번거리는데 네모난 테이블 위, 싱거 재봉틀 옆에 놓인 두 개의 상패가 눈에 들어왔다. 한눈에 봐도 엉성하게 세팅된 유리 상패였다. 우수직원상. 그건 쇼핑센터가 3년 전과 1년 전에 이연주에게 수여한 것이었다. 쭈그리고 앉아 여기저기 널려 있던 상자들을 뒤적이던 그녀가 곧 알록달록한 옷가지와 다갈색 곱슬머리 가발, 깃털이 달린 빨간색 중절모와 목이 짧은 노란색 플라스틱 장화를 꺼내 수호에게 안겼다.

"새 유니폼이에요. 일단 입어 볼래요?"

사무실은 탈의실 용도로도 쓰이는 모양이었다. 수호가 어쩌지 못하고 손안에 들어온 각종 용품들을 내려다보고만 있자, 그녀는 수호의 마음을 읽기라도 한 듯 돌아서서 말했다.

"옥상엔 화장실 없어요. 탈의실 같은 건 당연히 없고. 아래층 화장실에서 그런 옷 입고 나오면 사람들이 다 쳐다볼걸요? 게다가 곧 마감 시간이니 서둘러야 하잖아요. 난 이렇게 돌아서 있을 테니 신경 쓰지 말고 그냥 여기서 갈아입어요. 앞으로도 이럴 테니까 뭐, 연습하는 셈 치고."

수호는 그녀의 마른 등을 흘끗거리며 셔츠와 바지를 벗을 수밖에 없었다. 옷을 벗은 뒤엔 하얀색 물방울무늬가 새겨진 노란색 포대 같은 펑퍼짐한 옷을 뒤집어썼고 스팽

글이 박힌 파란색 나비넥타이도 목둘레에 맸다. 돌아서 있던 그녀는 끊임없이 질문을 해 댔다. 창고에서 일하는 건 좀 어때요? 최 과장이 칭찬 많이 하던데, 친해요? 그나저나 휴대전화가 없다면서요? 아니, 젊은 사람이 어떻게 폰 욕심이 없지? 가족이랑 친구들이 되게 불편해하겠다. 참, 근데 몇 살이죠?

"스물셋이요."

마지막 질문에만 겨우 답하자 그녀가 살짝 뒤를 돌아봤다.

"말할 줄 아네?"

순식간에 피에로로 변한 수호의 모습이 흡족한지 그녀는 짧게 웃으며 말했다. 가발과 중절모, 장화까지 착용하고 나자 그녀가 손에 쥐고 있던 빨간색 공 같은 걸 건네며 피에로의 코라고 일러 주었다.

"코 붙이기 전에 분장도 좀 해야 하는데, 처음이니까 오늘은 내가 해 줄게. 다음부터는 선우 씨가 직접 해야 하니 잘 봐 두고. 참, 내가 그쪽보다 여덟 살이나 나이가 많아. 그러니 나, 지금처럼 편하게 말해도 되지?"

그녀는 말하면서도 등받이 없는 의자와 메이크업 박스를 챙기느라 분주했으므로 아무렇게나 대해도 된다는 수호의 대답을 주의 깊게 들은 것 같지는 않았다. 수호가 의자에 앉자마자 분장은 바로 시작됐다. 그녀는 메이크업 박스에서 분장용품을 꺼낼 때마다 이름과 사용법을 설명했고 수호는 손거울을 들여다보며 조금씩 변해 가는 자신의 얼굴을 지켜봤다. 분장은 단순한 편이었다. 일단 도란이라고 하는 유성 안료로 얼굴을 하얗게 칠한 뒤 빨간색 매직 스틱으로 양 볼에 점 몇 개를 찍고는 둥글게 펴 바르면 됐다. 그리고 입술은 귀밑까지 길게 늘여 웃는 모양으로, 눈밑엔 검은색 눈물방울을. 그녀의 손길이 입술과 눈을 거쳐 가자 손거울 속 수호의 얼굴은 한 덩어리의 모순으로 빚어졌다. 입은 붉게 웃는데 눈은 검게 운다. 웃고 우는 표정이 섞여 있는 묘한 얼굴. 웃게 하는 마음이나 눈물을 흘리도록 유도하는 슬픈 감정이 애초에 어떤 모양과 질감이었는지, 그러나 수호는 좀처럼 떠오르지 않았다.

"그래도 이 분장을 하고 있는 동안엔 표정을 들키지 않을 거야. 울어도 웃는 것 같고, 웃어도 우는 것 같고. 편하겠지?"

그녀는 이번에도 수호의 마음을 읽은 사람처럼 말했고, 그녀의 숨결을 따라 볼록한 가슴도 함께 오르내렸다. 귀밑이 달아오르는 걸 들키고 싶지 않아 수호는 분장이 끝나자마자 곧바로 의자에서 일어났다. 두 발짝을 떼기도 전에, 그러나 수호는 돌연 걸음을 멈추고는 아연히 뒤를 돌아봤다. 부자연스럽게 경직되어 있던 그녀의 얼굴이 그 순간 터져 나온 웃음과 함께 말갛게 헝클어졌다. 노란색 플라스틱 장화 때문이었다. 걸음을 옮길 때마다 장화에선 천연덕스럽게 삑삑 소리가 났고 그녀는 그 소리에 당황하는 수호의 모습을 지켜보기 위해 웃음을 참고 있었던 것이다. 한참을 정신없이 웃던 그녀가 메이크업 박스를 정리하고 일어나더니 수호의 어깨를 툭 치며 말했다.

"웃을 줄도 아네, 어?"

수호는 웃지 않았다고 대꾸하지 않았다. 이미 자신의 얼굴은 웃지 않아도 웃는 듯이 변형되어 있었고, 이런 꼴이라면 설혹 화를 냈다 해도 그 감정의 결이 보일 리 없을 터였다.

그녀를 따라 사무실을 나서자 아이들이 일제히 수호 쪽으로 몰려들었다. 수호는 아무것도 하지 않았지만 아이들은 웃었고, 신기해했고, 간혹 울먹이기도 했다. 그제야 수호는 자신이 진짜 피에로가 되었다는 걸 실감할 수 있었다. 피에로, 나쁘지 않은 새 유니폼이라고 수호는 생각했다. 스물세 살 박선우의 가면보다 훨씬 더 가볍게 느껴지기도 했다. 어차피 박선우라는 가면도 일시적인 유니폼에 지나지 않았다.

휴학계를 낸 뒤 일하던 피시방에서 박선우의 검은색 가죽 지갑을 주운 건 올해 초였다. 수호는 지갑에서 주민등록증만 빼낸 다음, 만 원짜리 두어 장이 들어 있던 지갑은 거리의 쓰레기통에 버렸다. 그날, 은행에 빚 따위 없을 박선우의 주민등록증이 필요한 날이 올 거라는 예감은 납덩

이처럼 차갑고도 뚜렷하게 수호의 가슴에 새겨졌다. 집으로 돌아온 수호는 트위터와 페이스북, 인스타그램을 오가며 박선우의 페이지를 찾았다. 박선우는 인스타그램에 계정을 갖고 있었고, 수호는 박선우가 경기권 대학에서 경영학을 전공하는 대학생이며 봄 학기부터 1년 동안 미국의 동부 도시로 어학연수를 떠날 예정이라는 걸 알게 됐다. 수호는 틈날 때마다 박선우의 인스타그램으로 들어갔고 박선우가 출국한 이후엔 그 빈도가 잦아졌다. 비행기를 타는 박선우, 미국 대학의 강의실에서 다양한 국적의 학생들과 수업을 듣는 박선우, 수업이 없는 날에는 강가를 따라 자전거 하이킹을 하거나 포트럭 파티에 가는 박선우. 컴퓨터 화면에 떠오르는 박선우의 일상이 담긴 사진들을 수호는 번번이 넋 놓고 바라보곤 했다. 그 사진들은 일종의 통로 같았다. 현실을 빠져나갈 수 있는, 폭은 좁지만 수많은 전등이 달려 있는 환상적인 빛의 통로, 그래서…….

그래서 머저리는 박선우의 이름이라도 뒤집어쓰기로 한 것일까.

어느 날 아침, 여동생이 아침 식탁에서 울먹이며 말했다. 죽고 싶어. 그즈음 여동생은 형편없는 성적표를 받았고, 그건 주말도 없이 아르바이트를 하느라 리포트 하나 제때 내지 못했기 때문이란 걸 수호도 짐작할 수 있었다. 지는 걸 죽도록 싫어하는 여동생에게 열악한 조건에서 남들과 경쟁해야 하는 상황은 고문에 가까웠을 것이다. 식당에서 일을 하기 시작하면서 급격하게 야윈 어머니가 젓가락을 탁, 내려놓더니 낮은 목소리로 말했다. 그런 말 하는 거 아니다. 어머니의 그 대답은 나무람이 아니라 차라리 협박으로 들렸다. 아니, 어쩌면 애원으로······. 가난은 갑자기 쌀이 떨어지거나 전기가 나가는 식의 상투적인 장면으로 나타나지 않는다. 작고 구체적으로, 저마다 다른 형태로, 그러나 비참함을 느끼게 할 만큼은 충분히 강렬하게 일상과 일상의 틈새로 날카롭게 스며드는 것이다. 수호는 자신도 모르게 손을 뻗어 동생의 뺨을 칠까 봐 겁이 났다. 남은 밥을 한 번에 떠서 입안에 욱여넣은 뒤 서둘러 방으로 들어갔지만, 문을 통과한 동생의 흐느낌은 끈질기게 귓속으로 파고들었다.

끄지 않은 노트북 화면에는 이력서 파일이 떠 있었고, 노트북 옆엔 박선우의 주민등록증이 놓여 있었다. 그날 아침까지 수호는 박선우의 이름으로 이력서를 쓰고 지우길 반복하고 있었다. 피시방이 문을 닫으면서 새 일자리를 구해야 하는 상황이었다. 아르바이트 구인 정보 중에 신용정보를 조회하지 않는 곳이 어디인지 알 수 없으니 박선우의 이름이 절실히 필요하긴 했지만, 한편으론 합법의 테두리를 넘는 것에 겁이 났으므로 망설이던 차였다. 수호는 곧바로 책상에 앉아 이력서 빈칸에 박선우의 이름과 주민등록번호를 입력했다. 위로받고 싶었다. 그 생각뿐이었다. 박선우라면, 박선우처럼 살게 된다면, 돈 없이는 인간적인 삶의 조건이란 곧 사치가 되는 그 유치하지만 견고한 진실을 몰라도 될 터였고, 선택받은 그런 무지를 상상하는 것만으로도 수호에게는 위로가 되었다. 박선우의 이름을 뒤집어쓴다고 해서 박선우가 되는 건 아니란 걸 뻔히 알면서도 그랬다. 각종 금융기관에 채무자로 등록된 신분으로는 아르바이트 자리도 구하기 힘들어서가 아니라고, 박선우를 이용하기 위해 그의 주민등록증을 갖고 있었던 것도 아니라고, 그게 다가 아닌 거라고, 수호는 끊임없이 스스로를 설득했다. 일단 이름과 주민등록번호를 입력하고 나자 나머지 빈 칸도 순조롭게 채워졌다. 집주소와 전화번호는 음식점 전단지를 베꼈고 휴대전화 칸에는 수리 중이라고만 썼다. 하지만 이력서를 제출한 쇼핑센터로부터 면접을 보러 오라는 이메일을 받았을 때만 해도 수호는 자신의 위장이 이렇게나 오래 지속될 거라고는 예상하지 못했다.

면접을 보던 날, 급여를 입금할 통장이 필요하다는 쇼핑센터 직원의 말은 이제 그만 가면을 벗으라는 경고 같았지만 수호는 멈추지 않았다. 아니, 멈추고 싶지 않았다. 어차피 어떤 일이 벌어지든 상관없던 날들이었다. 군대를 가기 전까지 수호가 할 수 있는 거라곤 아르바이트뿐이었고, 아르바이트를 몇 개씩 한다 해도 가구점 월세조차 나오지 않을 거였다. 가끔은 유리병에 처박힌 시간의 메마른 결이 손끝으로 만져졌다. 유리병이 깨져 그 안의 시간이 바닥으로 쏟아진대도, 그래서 짓밟히고 버려지고 폐기된대도 하나도 아깝지 않았다. 아예 일이 틀어져 입대 전까지 유치장 신세를 지는 것도 나쁘지 않을 것 같았다. 오히려 수호는, 아버지가 유치장에 갇힌 자신을 바라보는 상상을 하면서 서늘한 쾌감을 느꼈다.

은행으로 가기 전, 수호는 주민등록증 사진 속 박선우처럼 머리를 잘랐고 그의 안경과 비슷한 모양의 것을 구매했다. 은행에서 번호표를 받고 대기용 소파에 앉아 기다리는 동안에는 무릎 위에 두었던 가방이 세 번이나 떨어졌다. 세 번째로 가방이 떨어졌을 때에야 수호는 심하게 떨고 있던 자신의 두 다리를 낯설게 내려다보았다. 운이 좋은 건 아버지였을까, 자신이었을까. 박선우는 S은행에 계좌가 없었고 주민등록증 분실신고를 하지 않았으며 은행 직원은 수호의 얼굴을 주의 깊게 보지 않았다. 미래의 시간이 모두 사라지고 나면 무엇이 보일까. 성공적으로 박선우 명의의 통장과 체크카드를 만들어 은행을 나온 수호는 궁금했다. 아니, 궁금한 건 없어, 라고 수호는 고쳐 생각했다. 유리병의 밑바닥에 새겨져 있을 불가해한 무늬에 대해서라면 어쩐지 보지 않고도 알 수 있을 것 같았다.

마침 귓가를 맴도는 익숙한 멜로디에 수호는 고개를 들

었다. 피에로의 배역으로 아이들 앞에 나선 지 10분도 되지 않아 쇼핑센터 전체에 마감 시간을 알리는 멜로디가 흐르고 있었던 것이다. 수호는 사무실로 돌아가 휴지로 대충 분장을 지운 뒤 옷을 갈아입었다. 키 작은 마법사가 문 밖에서 기다리고 있다가 수호가 나타나자 내일부터 창고가 아니라 옥상으로 출근하면 된다고 일러 주었다.

"11시에 개장하지만 30분 정도 일찍 오고, 알았지?"

마법사는 덧붙여 말한 뒤 엄마들이 아직 찾으러 오지 않은 아이들 쪽으로 걸어갔다. 면접을 통과했다. 플러스 1150원의 세계로 들어갈 수 있는 입장권이 손안에 들어온 것이다.

쇼핑센터를 나온 뒤엔 언제나처럼 집 쪽을 향해 걸었다. 쇼핑센터에서 집까지는 걸어서 다닐 만한 거리가 아니었지만, 한 시간 정도 쉬지 않고 걸으면 집에 도착하자마자 쓰러져 잠들 수 있어서 좋았다. 집 근처에 오자 여동생이 아르바이트를 하는 제과점이 보였다. 서너 블록에 하나씩 있는 프랜차이즈 제과점이었다. 수호는 잠시 망설이다가 제과점 안으로 들어가 쟁반에 비닐로 포장된 단팥빵 하나를 담아 카운터로 걸어갔다. 앞치마를 두른 동생이 난생처음 보는 타인인 듯 수호를 흘끔거리며 빵 포장지에 바코드 스캐너를 갖다 댔다. 수호는 지갑에서 천 원짜리 한 장과 오만 원짜리 한 장을 꺼내 같이 내밀었다. 동생의 두 눈이 의

아함으로 흔들렸지만 수호는 아무 말 없이 낚아채듯 빵 봉지를 가져와 제과점을 나갔다. 몇 발짝 내딛기도 전에 걸음을 멈추고 하늘을 올려다봤다. 굵은 빗방울이 떨어지고 있었다.

*

초인종을 누르자 어서 들어오라는 환영의 인사처럼 고양이 소리가 들려왔다. 민은 서두르지 않고 언제나처럼 속으로 열을 셌다. 열을 다 셀 때까지 다행히 인기척은 전해지지 않았다. 전자 키의 뚜껑을 열어 비밀번호를 누르고 조심스럽게 현관문을 연 순간, 현관 앞까지 마중 나와 있던 고양이는 민의 얼굴을 확인하자마자 커튼 뒤로 후다닥 숨어들어 갔다. 흰색의 실타래 같은 통통한 새끼 고양이였다.

이 오피스텔은 지난주부터 매물로 나와 있었다. 계약 면적 55.15제곱미터에 전용률은 50퍼센트 정도이며 보증금 2500만 원에 월세는 40만 원이다. 냉장고와 세탁기, 에어컨이 옵션으로 들어와 있고 싱크대와 붙박이장이 설치되어 있어서 자주 이사를 다니는 독신자에게 편리하고 불과 2년 전에 지어진 건물이므로 시설도 깨끗한 편이다. 그러나 주변에 비슷한 높이의 건물들이 많고 8차선 도로변에 위치해 있는 탓에 조망이나 소음은 문제가 될 수 있다. 이런 매물을 고객에게 보여 줄 때는 옆집이나 윗집이 비어 있을 가능성이 높은 낮 시간에 방문하는 것이 유리하며, 창가로 유인하거나 창문을 열어 보이는 행동은 되도록 자제해야 한다. 계약이 성사된다면 임대인과 임차인 양측으로부터 받을 수 있는 중개 수수료가 합쳐서 50만 원 정도다. 어느 공간에 들어서든 고객에게 호감을 줄 만한 요소를 먼저 파악하고 계약이 성사될 경우 자신에게 할당되는 중개 수수료를 계산해 보는 건, 중개 사무소 직원이 된 이후로 생긴 습관이었다.

민은 구두를 벗어 한쪽에 포개 놓은 뒤 오피스텔 안으로 들어갔다.

삶이란 결국, 집과 집을 떠도는 과정이 아닐까.

타인의 집에 발을 내딛는 순간이면 민은 그런 생각에 잠기곤 했다. 한 시절 거주한 집은 그대로 삶의 일부가 되고, 그런 의미에서 이 세상의 모든 집은 존재의 시간을 증명한다. 실제로 집은 그 집에 사는 사람에 대해 많은 것을 설명해 준다. 가령 이곳에 들어선 지 5분도 되지 않아 이 오피스텔의 세입자가 아로마 양초에 관심이 많은 국내 항공사의 20대 승무원이란 걸 알아차린 것처럼. 벽에 걸려 있는 비닐 커버 안의 승무원복, 이케아 조립 식탁 위에 놓여 있는 수많은 수제 양초들, 유럽의 어느 고성 앞에서 찍은 듯한 액자 속 사진 같은 것이 그녀의 정체성을 정직하게 드러내고 있었다. 냉장고나 옷장을 열어 조금만 주의 깊게 살펴본다면 민은 그녀에 대해 더 많은 정보를 얻게 될 것이다. 즐겨 먹는 음식의 종류라든지 채식주의자인지 아닌지, 패션 스타일이나 선호하는 액세서리, 심지어 요리와 정리에 대한 그녀의 관심 정도까지. 기내용 캐리어 가방을 끌며 세계 각국의 공항을 활보하고, 비행기에서 내리면 5성급 호텔에서 다음 스케줄까지 내리 잠을 자고, 수시로 면세점에 들러 화장품이나 향수를 사들이는 20대의 승무원, 그렇게 상상을 이어 가다 보니 민은 어쩐지 그녀를 다 알아 버린 것만 같았다.

민은 벽 쪽으로 걸어가 다갈색 승무원복을 만져 보았다. 재킷의 소매가 긴팔이고 재질이 두꺼운 걸 보니 가을부터 입는 유니폼인 듯했다. 민은 곧 유니폼과 모자를 옷걸이에서 내린 뒤 비닐 커버를 벗겼다. 승무원복을 입으면서 민은 팔다리가 길고 허리가 가는 승무원의 체격을 몸으로 느꼈다. 재킷의 단추를 잠그지 못하고 스커트 지퍼는 끝까지 올리지 못한 상태로 거울을 보니 드문드문 터진 자루를 보는 것 같아 웃음이 났다. 옷을 갈아입은 민은 곧 화장대 앞에 앉아 산호색 립스틱을 집었다. 군데군데 손자국이 묻어 있었지만 이 집의 화장대 거울은 그리 흐릿하지 않았다. 아니, 감출 것도 위장할 것도 없다는 듯 지나치게 선명하기만 했다. 아쉬운 건 없었다. 흐릿한 생애는 지금 거울 밖에서 펼쳐지고 있으니까. 민은 이 집에서 승무원으로 태어났고 30여 분 뒤 이곳을 떠날 땐 승무원으로서의 생애를 마칠 터였다. 아홉 번째였다. 아홉 번째 거주하게 된 30분짜리 생애. 그동안 거주해 본 생애에는 대학생, 헤어디자이너, 요가 강사, 호프집 주인, 대형 마트 계산원, 휴대전화 판매원이 포함되어 있었다. 개중엔 직업을 파악할 수 없는 사람도 있었고 은희 할머니처럼 혼자서 병과 싸우고 있는 고독한 노인도 있었다. 그들이 사는 집은 거실에 와인 바까지 갖춰진 고급 빌라부터 습하고 컴컴한 반지하 원룸까지 다양했지만, 민에게는 목적 없이 태어나 아픔 없이 죽을 수 있는 공간이었다는 점에서 같았다.

30분짜리 생애를 수집할 수 있는 이 직업이 민은 좋았다. 한 달도 못 버틸 거라 여겼던 중개 사무소에서 1년 가까이 일해 오고 있는 것도 타인의 삶을 살아 보는 혜택이 거부할 수 없을 만큼 매혹적이었기 때문이다. 명백한 범죄인 줄 알면서도 아직은 타인의 집에 더 많이 거주하고 싶었고, 그 집이 담고 있는 짧은 생애의 시작과 끝을 더 깊이 누리고도 싶었다.

거울 속 승무원은 중개 사무소 직원의 얼굴을 물끄러미 들여다보고 있었다. 아니, 얼결에 중개 사무소 직원의 배역을 맡게 된 어수룩한 배우의 얼굴이었다. 그 배우는 1년 전, 가까웠던 한 사람을 그가 소속된 공동체로부터 추방

한 적이 있다. 관계는 깨졌고 두 사람은 많은 것을 잃게 됐다. 극 속에서 배우는 헤어진 연인을 향한 미련이나 그리움도 마음의 사치가 되는 상황에 대해 자주 생각했다. 그렇다면 이제 종우에게 어떤 감정을 가져야 하는 것일까. 배우는 알 수 없었다. 미련과 그리움이 완벽하게 소거된 순수한 죄책감이면 될까. 그 죄책감이란 감정은 어느 정도의 분량으로, 얼마나 자주 느껴야 진심이 되는 것일까. 그러나 그런 의문보다 민을 더 가혹하게 괴롭히는 질문은 따로 있었다. 그를 추방한 배역이 왜 하필 내게 주어진 것일까. 고문에 가까운……. 민은 생각했다.

고문에 가까운 질문이다.

"손님, 어느 나라로 모실까요?"

민은 이내 화장대 의자에서 일어나 두 손을 아랫배에 포개 놓은 채 고양이를 향해 물었다. 겁먹은 고양이는 고양이다운 야옹 소리도 없이 여전히 커튼 사이에서 나오려 하지 않았다. 정 대표는 어떤 표정을 지을까. 문득 궁금해졌다. 실적도 좋지 않고 나이도 적지 않은 직원이 휴무일이면 종종, 전자 키의 비밀번호를 메모해 두거나 복사 열쇠를 챙기는 방식으로 주로 혼자 사는 고객의 집을 드나들고 있다는 걸 알게 된다면 말이다. 게다가 그 직원은 툭하면 빈 가구점에 들러 판매되지도 않은 가구들에 손때를 묻히는 중이다. 정 대표의 화난 얼굴을 상상하던 민은 이내 두 손으로 입을 틀어막은 채 소리 죽여 웃었다. 웃으며 그대로 승무원의 침대에 누운 순간, 맞은편 창밖으로 떼를 지어 흘러가는 잿빛 구름이 보였다. 이 여행은 대체 언제 시작된 것일까. 민은 의아했다. 표를 끊은 기억이 없는데도 삶은 이곳, 모르는 승무원의 오피스텔에까지 민을 데리고 온 것이다.

생각이 났다.

차가운 비가 내리던 1년 전 늦가을의 어느 날이었다. 강풍에 우산살이 두 개나 부러져 우산 안에서 어떤 자세를 취해도 파고 들어오는 빗방울을 피할 수가 없었다. 허술한 우산, 허술한 지붕, 허술한 우주, 민은 곧 버려질 우산 안에서 의미 없이 중얼거리며 걷고 또 걸었다. 그날은 헤어지고 처음으로 종우를 만난 날이었다.

두 달째 팔리지 않던 일산의 아파트를 전세로 돌리자 문의가 잇따랐고 계약도 금세 성사되었다. 민은 종우와 함께 아파트 근처 중개 사무소에 나란히 앉아 계약서에 도장을 찍었고, 계약을 마친 뒤엔 함께 은행으로 가서 종우의 통장으로 들어온 전세금을 정확하게 반으로 나누어 가졌다. 마침 점심시간이었다. 밥이나 먹자는 얘기를 꺼낸 건 민이었다. 은행에서 가장 가까운 식당으로 종우가 먼저 들어갔고 민이 뒤따라갔다.

음식이 나오는 동안 근황에 대한 표면적인 대화가 간간

이 오갔다. 구체적인 단어가 모두 배제된, 잘 지냈느냐고 물으면 그럭저럭 살고 있다고 대답하는 식의 대화였다. 각자 주문한 음식이 나온 뒤엔 그런 식의 대화마저 뚝 끊겼다. 민은 가끔씩 고개를 들어, 종우가 숟가락으로 국을 떠먹고 휴지로 입가를 닦고 물로 가볍게 입안을 헹구는 그모든 행동을 낯설게 쳐다봤다. 식사가 끝난 뒤엔 민이 재빨리 계산서를 들고 카운터로 갔다. 계산을 마치고 식당을 나서자 종우는 팔짱을 끼고 식당 앞에 서 있다가 민을 향해 살짝 고개를 숙여 인사하고는 왼쪽 길로 걸어갔다. 그 인사는 돈과 관련된 그 사무적인 만남을 정리하는 그가 택한 방식이었을 것이다. 더 이상 사적으로 부딪히지 말자는 무언의 요구이기도 했을 것이다. 민은 한동안 식당 앞에서 갈팡질팡했다. 종우가 걸어간 길과 반대 방향으로 가야 한다는 건 알고 있었지만, 그 길의 끝에 무엇이 있는지 알수 없어 주저됐다. 민은 그날 노선을 모르는 버스를 탔다가 마음 내키는 곳에서 내리기를 여러 번 반복했다. 언제부터 인가 강풍을 동반한 비가 내리고 있었다. 편의점에서 산 우산을 들고 민은 계속 걸었다. 집 근처에 온 건 밤 9시가 넘어서였고, 그때껏 비는 그치지 않았다. 그새 살이 부러진 우산을 쓰레기통에 버린 뒤 일단 비를 피하기 위해 건물 차양 아래로 빠르게 뛰어간 민은 그 건물 1층 유리문에 붙어 있던 구인 광고를 보았다. 충동적으로, 그 유리문을 열었다. 그때 민이 문을 연 곳이 중개 사무소가 아니라 커피숍이나 서점이었다면 민의 새 직업은 달라졌을지 모른다. 모카커피에 크림을 얹어 드릴까요? 특별히 찾는 책이 있습니까? 그랬다면, 타인에게 스스럼없이 이런 질문을 하는 것에도 익숙해졌을 것이다. 그때 민에게는 아무것도 없었다. 계획도, 희망도, 포부도, 심지어 예기치 않은 상황에 절망할 기력조차 없었다. 그저 가벼운 내기를 하는 기분이었다. 일을 하거나 하지 않거나, 동전을 던지면 앞 아니면 뒤가 나올 수밖에 없는 것처럼.

커피 한 잔을 내놓으며 이전에는 무슨 일을 했느냐고 묻는 정 대표에게 민은 옷 가게를 하다가 그만두고 현재는 공인중개사 시험을 준비하고 있다고 대답했다. 중개 사무소 직원이 무슨 일을 하고 급여는 어느 정도인지 알지도 못한 채 대책 없이 나온 거짓말이었다. 다음 날 정 대표에게서 채용을 알리는 전화가 걸려 왔다. 하룻밤 사이, 민의 의지와 상관없이 동전은 던져져 있었던 것이다. 나쁘지 않은 결과라고 민은 생각했다. 아파트 대출금 이자와 생활비로 통장의 잔금은 꾸준히 줄고 있었고, 일산의 아파트는 전세로 나갔으니 팔리는 건 더더욱 불확실한 먼 미래의 일이 되어 버렸다. 대학 졸업 후 경력을 쌓은 곳은 회계 법인뿐이었지만 회계사로 살지 않아도 되는 곳이라면 그 어디에서라도 일을 할 수 있다고 민은 생각했다. 이직을 위해 자발적으로 회계 법인을 그만둔 입사 동기로부터 종우가 대학 선배가 운영하는 소규모 무역 회사에서 세금 관리 직원으로 일하고 있다는 소식을 들은 건, 중개 사무소 일을 시작하고 2주가 지나서였다. 일산의 식당에서는 듣지 못한 이야기였지만 서운한 건 없었다. 다만, 종우가 그 선택을 하기까지의 긴 망설임이 민의 것인 듯 친숙하여 신기했을 뿐이다. 그즈음 그도 터득하고 있었을 것이다. 한 발만 잘못 디디면 계획에도 없던 다른 종류의 삶으로 빨려 들어가는 허약한 지점들이 우리의 인생에는 생각보다 많이 숨겨져 있다는 것을. 어쩌면 민보다 더 절박하게, 더 구체적으로. 그럼 이곳은 흐릿한 곳일까, 명료한 곳일까.

진짜 세계인가, 거짓으로 빚어진 허상인가.

오피스텔 창문 너머로 보이는 구름의 잿빛 농도가 짙어지고 있었다. 승무원의 생애에 들어오기 전 맞춰 놓은 알람이 울렸다. 30분이 지나간 것이다.

민은 침대에서 몸을 일으켜 승무원복을 벗었고, 속옷 차림으로 화장대 의자에 앉아 휴지로 입술을 세게 문질렀다. 벗은 승무원복을 비닐에 씌워 제자리에 걸어 놓은 뒤엔 산호색 립스틱이 묻어 나온 휴지를 자신의 가방에 넣었다. 한곳에 뭉쳐 놓았던 청바지와 티셔츠를 다시 입자 익숙한 체온과 냄새가 긴장감으로 경직되어 있던 몸을 조금은 느슨하게 풀어 주었다. 가방을 챙겨 현관문을 열기 전,

민은 언제나처럼 뒤를 한 번 돌아봤다. 되돌아갈 수 없는, 이미 그 모든 과정을 지나온 생애에서 벗어나기 직전의 마지막 한순간처럼 설명할 길 없는 상실감이 밀려왔다. 그때껏 경계를 풀지 않은 고양이가 커튼 사이로 얼굴만 내민 채 눈으로 민을 배웅했다. 민은 고양이에게 손을 흔들어 보인 뒤 현관문을 열었다. 현관문 바깥에선 물기 밴 공기가 떠다니고 있었다. 곧 문이 닫혔고, 30분짜리 생애도 끝났다.

또 하나의 죽음이 지나갔다.

걷고 싶다, 생각하며 민은 맹목적으로 걸었다. 쉬지 않고 걷다 보니 세상은 저녁을 통과하며 조금씩 어두워졌다. 우기임을 환기시키듯 희미한 어둠 사이로 어느새 빗줄기가 다시 스며들고 있었다. 민은 두 손으로 머리를 가린 채 뛰기 시작했다.

발길이 자연스럽게 가구점으로 향했다.

언제나처럼 가구점 뒷문 쪽으로 이어지는 좁은 통로에는 지나다니는 사람이 없었다. 비밀번호를 누르고 문을 열자 톱밥 냄새가 밴 공기가 따뜻할 것도, 차가울 것도 없는 온도로 민을 안아 주었다. 흘러가는 먼지 속에선 침묵이 각기 다른 모양의 집 한 채씩을 짓고 있었다. 민이 한 걸음씩 들어가자 침묵의 집들은 차례차례 부서졌고, 나태하게 흐트러져 있던 사물들은 원래의 실루엣 안으로 재빨리 들어가 단단히 문을 닫았다. 침대도, 장롱도, 화장대와 식탁도 어느새 민의 눈에 익숙한 형태로 드러났다. 민은 일단 화장대 위의 스탠드를 켠 뒤 식탁에 놓인 전기 주전자의 전원 버튼을 눌렀다. 달고 뜨거운 커피 한 잔이 간절하게 마시고 싶었다. 인스턴트커피와 종이컵이 들어 있는 서랍장 쪽으로 걷다가……

민은 문득 걸음을 멈춘 채 천천히 고개를 돌려 조금 전엔 대충 보고 말았던 가구점 바닥을 뚫어지게 내려다봤다.

방금 누군가 다녀갔다는 걸 증명하듯 여기저기에 물기가 남아 있었고, 지난주 토요일에 도로 갖다 놓은 비닐우산은 보이지 않았다. 처음부터 없던 우산이 발에 채었을 때는 어째서 아무런 의심도 품지 않았던 건지, 민은 이제야 그것이 더 의아했다. 아마도 그때는 다른 중개 사무소의 직원이 고객과 잠시 들렀다가 미처 챙기지 못한 채 놓고 간 것이라고 가볍게 여기고 말았을 것이다. 하지만 이 한밤중에 일회용 비닐우산을 찾아 가기 위해 여기까지 다시 올 사람이 있을까. 머릿속이 갑자기 환해지는 것 같았다. 아마도 우산 주인은 민처럼 주기적으로 이곳을 방문하는 사람일 터였다. 폐업 상태인 가구점에 습관인 듯 들러 목적 없이 머물다가 가는 사람, 그렇다면……

그렇다면, 그 사람이 분명했다.

민은 느린 걸음으로 다시 식탁 쪽으로 걸어가 의자에 털썩 주저앉았다. 무서워할 필요는 없었다. 민은 스스로를 안심시켰다. 전기 주전자와 사용한 종이컵, 빈 페트병 같은 걸 보고도 뒷문 비밀번호를 바꾸는 식의 조치를 취하지 않았다는 건 그가 이 모든 상황을 묵과하기로 했다는 의미일지 몰랐다. 민은 그저, 어느 날 이 공간에서 그와 마주칠 수 있다는 것이 걱정되었다. 이상하게도 오직 그것만이 걱정될 뿐이었다.

그때 나는, 실패한 목수에게 실패의 악수라도 건네야 하는 것일까.

*

쇼핑센터 옥상의 놀이공원은 처음부터 수익을 기대하고 조성된 곳이 아니었다. 주부들이 쇼핑을 하는 동안 마음 놓고 아이들을 맡길 수 있는 일종의 고객 서비스 차원의 무료 시설이었다. 동네 놀이터에는 없는, 거대 트램펄린과 색색의 고무공이 가득 담긴 일명 볼풀장에 아이들은 충분히 열광했다.

놀이공원의 정체성이 바뀌기 시작한 건 그녀가 임시 직원으로 들어오면서부터였다.

일단 그녀는 쇼핑센터에서 나눠 주는 유니폼 대신 자신이 직접 제작한 캐릭터 의상을 입었다. 눈썰미와 손재주가 좋아서 그녀는 애니메이션이나 동화 속 인물들의 옷과 모자, 망토 같은 것들을 시안도 없이 싱거 재봉틀로 뚝딱뚝딱 만들었다. 아이들은 서너 달 단위로 영웅이나 영웅의 동물 친구 혹은 공주나 마녀로 변신하여 여러 가지 장난감으로 자신들을 웃게 해 주는 그녀를 조건 없이 사랑했다. 쇼핑센터는 그녀를 정직원으로 승격시킨 뒤, 옥상 놀이공원으로 미니 회전목마와 범퍼카 같은 유료 시설을 들이기 시작했다. 버스로 두 정거장 떨어진 곳에 대형 마트가 들어서기 전까지 쇼핑센터 놀이공원은 늘 꼬마 손님들로 북적였다. 옥상 둘레에 외벽을 치고 지붕을 얹어서 더위와 추위, 비와 눈을 피할 수 있는 실내 공원으로 리모델링하겠다는 공사 계획이 무산된 것도 대형 마트가 들어서던 무렵이라고 들었다.

대형 마트는 처음부터 공격적인 가격 할인으로 상권을 장악해 갔다. 푸드 코트뿐 아니라 미용실과 세탁소, 화원과 안경점, 심지어 옷 수선점까지 입점해 있어서 편의성도 좋았다. 주로 중저가의 중소기업 제품과 식료품을 취급하던 서울 변두리의 오래된 쇼핑센터는 대부분의 소규모 상가들처럼 매출이 끝도 없이 하락했다. 그나마 옥상의 놀이공원이 문을 닫지 않은 건 오로지 그녀 덕분이었다. 회전목마와 범퍼카는 여름의 햇살과 겨울의 바람 속에서 녹이 슬어 갔지만, 그래서 작동하는 날보다 멈춰 서 있는 날이 더 많았지만, 아이들은 어린이집 선생보다 더 신나게 자신들과 놀아 주던 그녀를 잊지 못했다. 그녀 혼자서 놀이공원을 관리하고 있던 때 수호가 보조 스태프로 투입된 것도 여름이 시작되면서 그녀를 찾아오는 꼬마 손님들이 다시 는 덕분이었다. 아이들이 오면 자연스럽게 부모들도 따라오게 마련이었다. 면접을 보고 다음 날, 창고에 먼저 들러 소지품을 챙기고 있는데 최 과장이 다가와 알려 준 것들이었다.

창고에서 나온 뒤엔 그녀가 일러 준 대로 10시 30분쯤에 옥상으로 올라가서 사무실 문을 열었다. 먼저 와 있던 그녀가 하이 톤의 목소리로 안녕, 인사를 해 왔다. 그녀의 손에는 이미 빗자루와 대걸레가 하나씩 들려 있었다. 수호는 그녀의 손에서 말없이 빗자루를 가져왔다.

청소를 마친 다음엔 다시 사무실로 들어가 각자 반대편 벽을 보며 의상을 갈아입었다. 밀폐된 공간에서 여자와 옷을 갈아입는 게 미치도록 어색했지만 수호는 내색하지 않기 위해 노력했다. 옷을 갈아입고 나선 곧바로 분장을 시작했다. 수호가 메이크업 박스를 열고 분장을 하는 동안 그녀는 간간이 수호 쪽을 바라보며 턱에도 도란 잘 묻혀야 돼, 입술은 귀까지 길게 늘여 칠하는 게 좋아, 눈물방울은 크게 그려도 돼, 말을 걸어왔다. 분장이 끝나 갈 때에야, 수호는 그녀의 말이 분장 순서를 떠올리게 하려는 의도된 참

견이라는 걸 눈치챌 수 있었다.

"개장하기 전에 회의부터 할까?"

수호보다 먼저 준비를 마친 그녀가 그새 커피 두 잔을 들고 와서 말했다. 수호는 아주 잠깐, 아버지의 빈 가구점에서 봤던 립스틱이 묻은 종이컵을 떠올렸다. 그 여자는 어제도 가구점에 들러 인스턴트커피를 타 마신 뒤 침대 베개에 얼굴을 묻고 눈물을 흘리다 갔을까.

"일은 별거 없어. 싸우고 울고 토라진 애들을 뭘 해서라도 말리고 달래고 웃게 한 다음 다시 뛰어놀도록 해 주면 돼. 넘어지는 척하면서 넘어지지 않고 벌떡 일어나는 거, 그런 거 애들은 좋아해. 저글링 같은 거 보여 줘도 좋은데, 할 줄 모르지? 그건 내가 나중에 천천히 가르쳐 줄게. 참, 나는 관리하는 사람이니까 관리만 할 거야. 불만 없지?"

수호는 수첩에 메모를 하다 말고 얼결에 고개를 끄덕였다. 그녀가 아이들과 놀아 주는 일뿐 아니라 놀이공원 외부의 일, 그러니까 유료 시설로 들어오는 돈을 관리하고 쇼핑센터 직원 회의에 참석하고 각종 의상 도구와 소품을 구매하거나 제작하는 일도 한다는 건 그 허술한 회의가 끝난 뒤부터 조금씩 알아 가게 됐다.

정오까지는 손님의 발길이 뜸했지만 어린이집과 유치원, 초등학교 저학년 학생들이 집으로 돌아오는 오후부터는 정신없이 바빠지기 시작했다. 다행히 아이들은 피에로에게

관대했다. 그녀가 일러 준 대로 넘어지는 척하며 벌떡 일어나기만 해도 아이들은 발을 동동거리며 아낌없이 웃어 주었다. 그저 삑삑거리는 플라스틱 장화를 신고 걸어 다녔을 뿐인데도 여기저기서 여린 폭소가 터지기도 했다. 식사는 오후 3시와 4시 사이에 번갈아 사무실로 들어가 배달된 음식을 허겁지겁 먹는 것으로 해결했다. 수호가 다 비운 그릇을 정리하고 있을 즈음엔 갑자기 소나기가 내리붓는 바람에 아이들을 내려보낸 뒤 그녀와 사무실에서 30분 정도 휴식 시간을 갖기도 했다.

쇼핑센터가 문을 닫는 저녁 8시에 놀이공원도 마감을 했다. 옷을 갈아입은 뒤 수호는 그녀를 따라 아래층으로 내려가 손님이 모두 빠져나간 여자 화장실로 들어갔다. 곁에 서 있는 그녀를 흘끔거리며 그녀가 하는 대로 클렌징 크림을 얼굴에 듬뿍 바르고는 구석구석 문질렀고, 휴지로 닦아 낸 다음 물로 씻어 냈다. 분장을 지우는 동안, 거울 속에서라도 그녀와 시선이 마주치지 않도록 수호는 조심했다.

클렌징크림을 챙겨 그녀보다 조금 늦게 옥상으로 올라가자 그녀가 이제 퇴근해도 된다고 일러 주었다. 수호는 재봉틀 옆에 내팽개쳐져 있던 가방을 어깨에 메려다가 그새 빗자루와 대걸레를 들고 사무실을 나서는 그녀를 보고 주춤했다. 습관처럼 손목시계를 들여다보긴 했지만 숫자나

바늘의 위치가 눈에 들어오지는 않았다. 어차피⋯⋯.

어차피, 할 일도 없고 만나야 할 사람도 없었다.

수호는 가방을 도로 내려놓고 빠른 걸음으로 그녀에게 다가갔다. 그녀가 의아하게 뒤를 돌아본 순간, 수호는 이번에도 말없이 그녀의 손에서 빗자루를 가져왔다. 쇼핑센터는 인건비 절약을 위해 옥상에 필요한 모든 노동을 그녀에게 맡겼을 것이다. 청소는 30분 정도 지속됐다. 그녀 혼자였다면 한 시간은 꼬박 걸렸을 것이다. 개장 전 준비와 청소, 이어지는 아홉 시간의 노동, 그리고 다시 마무리와 청소, 대체 그녀는 이 긴 업무 시간을 몇 년째 감당해 온 것일까. 사무실에서 보았던 두 개의 조잡한 유리 상패가 떠올랐다. 수호는 굳어진 얼굴로 휴지통을 비운 뒤 파라솔 테이블을 정리했다.

수호가 가방을 다시 멘 건 밤 9시가 다 되어서였다. 그녀는 퇴근할 마음이 없는지 엘리베이터 앞까지 수호를 배웅해 주고는 청소 잘하던데, 말한 뒤 웃으며 돌아섰다. 쇼핑센터를 나온 수호는 언제나처럼 버스를 타는 대신 내처 걸었다. 계속 걷다 보니 문 닫힌 가구점도 지나가게 되었다.

걸음을 멈췄다.

곰곰이 생각해 보니 침입자는 자신이 아니라 종이컵 여자였다. 가구점에 먼저 드나들기 시작한 쪽은 수호였고, 빈 가구점의 시간은 수호에게도 소중했다. 종이컵 여자와 마주치는 건 내키지 않았지만, 그렇다고 누군지도 모르는 사람 때문에 자신에게 허락된 유일한 휴식의 공간을 무조건 포기하는 건 부당하다는 생각도 들었다.

수호는 주저 없이 가구점 건물 안으로 들어갔다. 들어가긴 했지만, 뒷문 앞에 섰을 땐 잠시 숨을 고르며 한쪽 귀를 문에 바짝 대 보았다. 인기척은 없었다. 조심스럽게 문을 연 뒤엔 마치 탐문 수사라도 하듯 여기저기 주의 깊게 훑어보며 여자의 흔적을 찾았다. 침대 위가 헝클어져 있거나 다 쓴 종이컵이 더 늘지는 않았지만 식탁 상판에 노란색 포스트잇 한 장이 놓여 있는 건 보였다. 그새 이곳에 들른 종이컵 여자는 식탁에 앉아 이 메모를 썼을 것이다. 이상한 사람이구나, 생각하며 수호는 포스트잇을 들고 침대에 걸터앉았다. 필체 추적이 가능한 이런 증거물을 남기다니, 생각할수록 여자가 이해되지 않았다. 시간은 밤 10시가 넘어가고 있었다.

그녀는 지금쯤 퇴근했을까.

수호는 휴대전화를 꺼내 전원을 켠 뒤 문자메시지를 썼다.

그렇게늦게까지일한다고돈더받는것도아닌데이제그만퇴근하시죠

발송 버튼을 누르고 셋을 세기도 전에 착신음이 들려왔다. 수호는 발신자란에 또다시 자신의 번호를 입력한 뒤 한 번 더 문자 메시지를 보냈다.

근데뭐가좋아서그렇게자꾸웃어요

그러고 보니 수호는 그녀의 휴대전화 번호를 알지 못했고, 그녀 역시 쇼핑센터에서 일하는 모든 사람들이 그러하듯 수호에게 휴대전화가 있다는 걸 알지 못했다.

수호는 휴대전화 전원을 끈 뒤 베개에 더 깊이 얼굴을 묻었다.

꿈을 꾸었다.

그곳은 넘어져 울고 있는 여자아이가 품에 안고 있던 오르골 안이었다. 단조의 멜로디에 맞춰 춤을 추던 앙증맞은 인형은 사라지고, 대신 침대에 누워 있는 노인만이 반구(半球)의 투명한 세계를 차지하고 있었다. 그 노인이 바로 자신이란 걸, 수호는 상자를 들여다본 순간 단박에 알 수 있었다. 늙은 수호는 죽어 가고 있었다. 아니, 이미 죽은 듯도 했다. 그는 눈을 감고 있었고 얼굴이 창백했으며 몸은 뼈마디가 불거져 나올 만큼 바짝 말라 있었다. 노인을 들여다보는 동안 수호는 한없이 무기력해지는 걸 느꼈다. 태엽은 이미 오래전에 멈춘 듯 멜로디는 들려오지 않았고, 대신 상자를 에워싼 아이의 울음소리만 쩌렁쩌렁 울렸다. 그 울음소리를 듣고 또 듣다가⋯⋯.

수호는 눈을 떴다.

손안에는 여전히 종이컵 여자의 포스트잇이 들려 있었다. 수호는 포스트잇을 다시 한번 읽어 보았다. 종이컵 여자는 수호의 비닐우산을 통해 타인의 흔적을 눈치챘을 것이다. 어젯밤에 잠시 가구점에 들러 우산을 가져간 행동이 뒤늦게 후회됐다. 그사이에 여자가 이미 우산을 발견하고 사용했을 거라고는 계산하지 못한 채 그저 우산의 처리에만 신경 쓴 게 결과적으로 여자에게 빌미를 제공한 셈이되었다.

우산 잘 썼습니다.

포스트잇에 쓰여 있는 문장은 그게 다였다.

수호는 곧 포스트잇을 잘게 찢어서 청바지 주머니에 넣었다.

7월

그곳이 맞았다.

민은 차를 인도 가까운 곳에 댄 뒤 차창을 열어 고개를
내밀었다. 5층 건물 옥상에 올라가 있는 두 남자의 실루엣
이 언뜻 눈에 들어오긴 했지만 그들이 그곳에서 뭘 하는
지는 보이지 않았다. 임대차 기간을 준수하고 권리금을 보
상하라. 옥상에서부터 길게 내려온 흰색 현수막에 쓰인
그 한 줄의 문장만이 그들의 정체성을 설명하는 단서 같았
다. 간혹 가던 길을 멈추고 건물 끝 어딘가를 올려다보는
사람도 있었지만, 그 시선은 대체로 무심했고 그리 오래 지
속되지도 않았다. 위험한 장면이라도 목도했다는 듯 아이
의 손을 잡고 재빠르게 건물 앞을 지나가는 젊은 주부의
뒷모습을 민은 오래오래 건너다봤다. 옥상 위 남자들에게
는 그 단순한 문장이 절박한 조난 신호겠지만, 옥상 밖에

서는 문자 그대로 해독하기엔 시간이 필요한 난해한 언어에 불과한 모양이었다.

지난주, 민은 하루에 한 번씩 접속하여 근처 매물의 시세를 체크하는 인터넷 커뮤니티에서 옥상 위 남자들의 글을 읽었다. 주로 서울의 서남 지역에서 매물을 제공하거나 구하려는 사람들이 찾아오는 커뮤니티였다. 저 건물의 1층에서 각각 감자탕집과 커피숍을 운영하던 업주들이라고 자신들을 소개한 그들은, 재건축을 한다는 이유로 계약 갱신을 해 주지 않는 새 건물주를 비난한 뒤 그 건물주가 소유한 또 다른 건물로의 입주나 매매를 피하라는 장문의 글을 올렸다. 그 글에 대한 반응은 없었다. 응원도 비난도 없이 낮은 조횟수를 기록할 뿐이었다. 그들도 알 터였다. 사람들이 거주지나 상가를 결정하는 기준에 건물주의 인성 같은 건 포함되지 않는다는 걸 말이다.

그렇다면 나는, 세상에 폐허는 흔하고 그 사실에 진지하게 공감하면서 지켜보는 부류는 별로 없다는 걸 확인하기 위해 이곳을 찾아온 것일까. 적어도 배타심이나 적대감은 없는 구경꾼이란 걸 인정받고 싶었던가.

그토록 하찮고 작은 인정……

민은 핸들을 돌려 다시 2차선으로 들어갔다. 텁텁한 공기가 차내를 가득 채웠다.

저 허름한 회색 건물은 건물주가 바뀌면서 재건축이 결

정된 경우였다. 지어진 지 30년이 넘으면서 여기저기 마모된 흔적이 보였고 페인트칠도 벗겨져 있었지만, 대로변에 위치해 있고 건물 뒤편으로 유흥업소가 즐비하여 장사를 하기에는 맞춤한 조건을 갖춘 곳이었다.

흔한 일이었다.

민은 액셀에 얹어진 오른발에 힘을 주며 그렇게 생각했다. 옥상으로까지 올라갈 수밖에 없었던 그 절박함에 비해 그들에게 닥친 불운은 그리 특별하지 않았다. 건물이 재건축된다는 건 그들이 상가를 열 때 사비로 공사한 인테리어와 각종 시설, 그리고 장사를 해 오면서 쌓아 온 상업적 가치가 콘크리트 먼지 속에 묻힌다는 걸 의미했는데 그런 비용까지 책임져 주는 법적 장치는 아직 없었다. 그렇다고 건물주가 세입자들에게 새로운 상가에서 장사를 할 수 있도록 필요한 만큼의 보상금을 선뜻 내주었다는 이야기는 미담 기사로도 읽은 기억이 없다. 그들의 요구는 결국 받아들여지지 않을 터였다.

갈증이 났다.

중개 사무소에 도착하자 정 대표는 중년의 여성 고객과 소파에 마주 앉아 이야기를 나누고 있었다. 소파 테이블에 펼쳐진 매물 목록을 살펴보며 정 대표의 말을 듣고 있는 고객에게서 짙은 향수 냄새가 났다. 민은 정수기에서 물 한 컵을 받은 뒤 벌컥벌컥 들이켰다.

"참, 실장님, 여기 사모님께서 보람연립 301호를 좀 보고 싶다 하시네요. 아까 전화해 봤는데 마침 집에 사람도 있다고 하니까 그냥 가시면 돼요. 저 멀리 강남에서 오셨으니까 우리 사모님, 특별히 신경 좀 써 주시고요."

정수기에서 물 한 잔을 더 받고 있는데 마치 이제야 민을 발견했다는 듯 정 대표가 경쾌한 목소리로 말을 걸어왔다. 정 대표는 고객이 있을 때만 실장이라는 호칭을 썼고 존댓말도 서슴없이 구사했다. 민은 그런 정 대표를 물끄러미 바라봤다. 낯설어서도 아니었고 언짢아서는 더더욱 아니었다. 그저 누군가와 함께 보람연립 301호를 가야 한다면 그건 분명 어색하고 곤혹스러운 동행이 될 거라는 염려때문이었다.

보람연립은 서울 곳곳에 재개발 바람이 불던 시절 정비구역으로 묶였지만 건설 경기 불황과 행정상의 결정 번복으로 지금은 재개발의 흔적만 남은 곳에 위치해 있었다. 주택들 중 일부는 아파트 부지 마련을 위해 허물어진 뒤 공사 중단으로 방치되어 그곳은 한낮에 가도 음산한 기운이 돌았다. 떠날 수 있는 사람은 모두 떠났고, 남은 자들은 갈 곳이 없어 어쩔 수 없이 머무는 경우가 대부분이었다. 그곳을 찾는다는 건 서울에서 가장 저렴한 집을 임대하려는 것이거나 투기 목적을 갖고 매입하려는 것이거나, 둘 중하나였다. 교통도 나쁘지 않고 천변이 내려다보이는 가파른 언덕에 오래된 연립들만 모여 있는 곳이므로 언젠가는 언덕을 밀어내고 아파트 단지가 들어설 거라는 게 대부분의 중개업자들이 갖고 있는 전망이었다.

여성 고객은 광택이 나는 검은색 가죽 핸드백을 들고 일어났고, 정 대표는 그녀에게 명함 한 장을 두 손으로 깍듯이 건넸다. 그녀가 보람연립을 찾는 이유는 분명해 보였다. 책상에 내려놓았던 차 키를 도로 집는데 또다시 갈증이 났다.

보람연립 301호에는 은희 할머니가 살고 있었다. 올해 일흔여섯 살이라는 은희 할머니는 민을 중개소 처자라고 불렀다. 2월의 휴무일, 매물로 나온 타인의 집을 순례하는 것에 재미를 붙일 무렵 민은 그곳에 가게 됐다. 현관문을 열었을 때부터 오랫동안 난방을 하지 않은 집이란 걸 단박에 감지할 수 있었다. 겨울 내내 한 번도 훈기를 쐬지 못했을 찬 공기가 가구와 가구 사이, 벗어 놓은 신발 안쪽, 비스듬히 세워진 빨래 건조대 뒤편에 둥글고 어둡게 뭉쳐 있었다. 공급 면적 66.12제곱미터에 전용률 65퍼센트, 방 두 개, 욕실 하나, 남향, 발코니 유, 엘리베이터 무, 현재 집주인 거주 중. 민은 언제나처럼 장부의 내용을 상기하며 거실을 지나 방 쪽으로 걸어갔다. 그때껏 인기척은 없었다. 집 안에 사람이 있는 걸 알았다면 그쯤에서 아무에게도 들키지 않도록 조심하며 발길을 돌렸을 것이다.

방문을 연 순간 방 한가운데 정자세로 누워 있던 할머니와 눈이 마주쳤을 때, 놀란 쪽은 할머니가 아니라 민이었다. 중개 사무소에 등록된 집이라 미리 집 상태를 확인하러 왔다는 민의 터무니없는 해명에도 그녀는 외려 반가운 기색을 보이며 힘겹게 자리에서 일어나 앉았다. 손님이 왔는데 내놓을 게 없어서 미안하다며 웃어 보일 때는 입가 주름이 유독 깊이 패었다. 삶의 테두리가 고요하게 허물지고 있는 노년의 여성을 보면 늘 그랬듯, 민은 반사적으로 종우의 어머니를 떠올렸다. 마흔이 넘어 막내인 종우를 낳았다는 그녀는 남편의 장례를 치른 5년 전부터 고향인 남쪽 시골로 내려가 혼자 살고 있었다. 종우와 만나던 시절, 그녀는 민을 볼 때마다 먹고 싶은 걸 물었고 병원 진료를 받기 위해 서울로 올라오는 날엔 텃밭에서 거둔 고구마며 풋고추 같은 걸 투박한 비닐봉지에 담아 건네곤 했다. 부모가 이혼하면서 대학생 때부터 혼자 살아온 민에게는 그렇듯 무조건 주려는 유형의 사람이 처음이었다. 민은 종우의 어머니를 만나고 돌아온 밤이면 그런 상상을 했었다. 청년이 된 자신과 종우의 아이가 소중한 무언가를 상실하고 마음을 추스르지 못하는 날에 밤 기차를 타고 그녀를 찾아가는 상상. 그녀는 연락도 없이 찾아온 아이에게 가장 좋고 가장 깨끗한 것만을 골라 먹일 것이다. 나쁜 냄새가 나지 않도록 끊임없이 쓸고 닦을 것이며 밤에는 아껴 둔 새 이불을 펼칠 것이다. 그녀와 단둘이 며칠을 보내면서 아이는 추상적인 고통이 아니라 구체적인 감각으로 채워지는 삶에 대해 생각하게 될 것이고, 그건 곧 위로이기도 하다는 걸 어렴풋이 깨닫게 될 터였다.

그래서였을 것이다. 민은 다음에 또 놀러 오라는 은희 할머니의 부탁을 거절하지 못했다. 격주에 한 번 정도 과일이나 비타민 음료 같은 걸 사 들고 보람연립을 찾아가기 시작했다. 동욱이 살고 있는 103호에 가게 된 것도 할머니의 부탁 때문이었다. 눈길을 걷다가 넘어져 허리를 다치기 전까지는 종종 내려가 밥을 지어 같이 먹곤 했는데, 계단을 오르내리지 못할 정도로 몸이 나빠지면서는 돌봐 주지 못하고 있다고 은희 할머니는 말했다. 동욱은 뇌성마비 장애를 갖고 있는 청년이었다. 움직이는 데는 문제가 없지만 손가락이 잘 펴지지 않아서 세심한 손길이 요구되는 집안일은 제대로 하지 못했다. 구청에서 활동 보조인을 보내 주고 교회에서도 신도들이 찾아오긴 하지만 그들이 매일 오는 건 아니라고, 밥이나 제때 먹고 지내는지 걱정된다고 은희 할머니는 말을 이어 갔다.

그날 민은 처음으로 103호에 가게 됐다. 은희 할머니의 말에 따르면 그는 이미 20대 후반의 청년이었지만 체격이 작은데다 얼굴이 둥글고 맑아서 고등학생으로밖에 보이지 않았다. 민이 은희 할머니의 부탁을 설명한 뒤 주방에서 쌀을 씻어 안치는 동안 동욱은 민의 주변을 서성였고, 한 번씩 눈이 마주치면 고개를 과장되게 꼬며 입을 크게 벌려 웃었다. 나중에야 민은, 그 웃음이 감정에 따른 반응이 아니라 그저 마음대로 되지 않는 근육의 뒤틀림에 지나지 않는다는 걸 알게 됐다. 동욱의 집에 배어 있는 묘한 향냄새 역시 그 끊임없는 뒤틀림으로 형성된 체취란 것도 그때는 알지 못했다. 냉장고를 뒤져 미역국을 끓이고 계란말이까지 해 놓은 뒤 민은 103호를 나섰다. 그러나 몇 걸음 떼기도 전에 민은 돌아섰고, 다시 103호의 문을 두드려 실은 은희 할머니가 여전히 3층에서 지내고 있다고 동욱에게 솔직하게 밝혔다. 은희 할머니는 동욱이 걱정할까 봐 아프다는 걸 숨긴 채 딸에게 가 있다고 거짓말을 해 두었던 것이다. 동욱이 부탁했으므로 민은 동욱을 데리고 301호로 올라갔다. 그날, 거의 석 달 만에 만난 그들은 손을 맞잡은 채 긴 시간 이야기를 나누었다. 성한 치아가 별로 남아 있지 않은 은희 할머니는 발음이 부정확했고, 크고 거친 호흡으로 느리게 말하는 동욱의 언어는 자꾸만 끝이 허물어졌다. 손님이 찾아오지 않는 고독한 두 은둔자가 불완전한 언어로 대화하는 모습을 민은 문턱에 서서 한참 동안 지켜봤다.

보람연립으로 이어지는 횡단보도 앞 인도 가까운 곳에 차를 댄 민은 뒷좌석에 앉은 고객이 눈치채지 못하도록 조심스럽게 시동을 껐다.

은희 할머니에게는 갈 곳이 없다.

민이 지금 알고 있는 건 그뿐이었다. 어머니의 전 재산인 보람연립을 중개사무소에 내놓은 딸은 전화조차 잘 걸어오지 않는 눈치였고 할머니에게는 요양원이나 병원에 들어갈 돈이 없었다. 고객을 따돌리는 건 임시방편일 뿐이고 은희 할머니의 집은 언제라도 팔릴 수 있는 상황이었지만, 그렇다고 아무렇지도 않게 매매 중개를 할 수는 없었다.

"저……."

휴대전화를 들여다보고 있던 고객이 그제야 고개를 들었다. 우회전하려는 차량이 몰리면서 주위에 클랙슨 소리가 요란했다.

"저, 죄송한데 차가 고장 난 것 같아요. 어쩌죠?"

"뭐예요?"

"나중에 다시 오시면……."

"설마 지금 나보고 여기서 내리라는 건가요?"

"가까운 지하철역까지 가실 수 있도록 제가 택시비를 대겠습니다."

"이봐요, 나도 강남에서 15년 넘게 중개사무소 하는 사람인데 일을 왜……."

민은 고객의 말이 끝나기도 전에 재빨리 지갑에서 5만 원짜리 한 장을 꺼냈다. 고객은 하던 말을 멈춘 채 날카로운 시선으로 민을 맞바라보면서도 민이 내민 돈을 이내 낚아채듯 가져갔다.

차에서 내린 고객이 뒤이어 오는 택시를 잡아타는 걸 본 뒤에야 민은 다시 시동을 걸었다. 곧바로 중개 사무소로 갈 수는 없었다. 자동차 수리라는 알리바이를 만들려면 어딘가에서 세 시간 정도는 소비해야 했다. 민은 가구점 쪽으로 차를 몰았다. 숨어 있기에 그보다 더 좋은 공간은 없었다. 보람연립 근처에 와 있으면서도 은희 할머니와 동욱을 찾아가지 않는 스스로에게 질문 같은 건 하고 싶지 않았다. 어차피…….

어차피, 그들을 더 이상 도울 수 없었다.

보름 전, 민은 보람연립에 갔었다. 그날 은희 할머니는 유독 불편해 보였다. 얼굴은 해쓱했고 평소처럼 힘겹게라도 혼자 힘으로 일어나 앉지도 못했다. 그녀의 허리 디스크와 무릎 관절염이 심각한 상태에 이르렀다는 건 의사의 소견을 듣지 않아도 확실해 보였다.

비가 새.

할머니가 이불 밖으로 손을 내밀어 민의 손등을 쓰다듬으며 말했다. 그리고 보니 안방 벽지는 드문드문 울어 있었고 방의 모서리마다 곰팡이도 슬어 있었다. 전날까지 나흘 동안 연이어 비가 내리던 우기였다.

비 올 때 와 보면 알아.

할머니의 목소리는 자못 간절했고 민은 그렇게 하겠다고, 비가 오는 날 꼭 와 보겠다고 대답했지만 그 약속을 지키지 못하리란 걸 잘 알고 있었다. 301호 윗집은 비어 있었고 건물 전체를 관리하는 사람은 따로 없었다. 그렇다고 민이 사비를 털어 공사를 해 줄 수는 없었다. 일산의 아파트를 얻을 때 은행에서 받은 대출금은 아직 많이 남아 있었고 중개 사무소 직원의 급여는 형편없었다. 아니, 그 모든 걸 떠나서 민은 그런 식으로 은희 할머니의 삶에 연루되고 싶지 않았다. 끝까지 책임을 질 수 없는 선의는 결국 모두에게 고통이 될 뿐이었다.

민은 이제, 그것을 아는 사람이었다.

그날 민은 도망치듯 301호를 나섰고 103호도 그대로 지나쳤다. 인간이 아니라 여자를 대하는 듯한 동욱의 눈빛이 부담스러웠고 그 특유의 체취도 지겨웠다. 나도……. 보람을 빠져나와 대로까지 빠르게 걸으며 민은 끊임없이 속으로 중얼거렸다.

나도, 나 하나가 감당이 안 돼.

가구점 근처 화원을 지나갈 때 민은 충동적으로 차를 세운 뒤 화원으로 들어갔다. 화원을 나올 때는 재스민 화분이 민의 손에 들려 있었다. 언젠가 빈 가구점에서 목수와 맞닥뜨리는 날이 정말 온다면, 그때 화분은 어색한 침묵을 깨뜨리는 소중한 화두가 되어 줄 거라고 민은 생각했다. 목수는 여전히 민의 상상 속에만 있었지만 민은 그가 이 화분을 외면하지 않고 조건 없이 보살펴 줄 거라고 확신했다. 그건, 믿음에 가까웠다.

*

7월이 되면서 꼬마 손님들의 발길이 눈에 띄게 줄었다. 하루 종일 서른 명도 안 되는 아이들이 한두 시간 정도 머물다가 떠나는 게 고작이었다. 군데군데 뜨거운 햇빛을 막아 줄 천막을 세워 놓긴 했지만 에어컨 바람에 익숙한 아이들의 마음을 돌리기엔 헐거운 유인책이었다. 여름방학이 시작되면 손님이 다시 늘 거라고 그녀는 전망했지만, 수호는 그녀의 낙관적인 전망보다 쇼핑센터가 곧 폐업할 거라는 소문에 더 마음이 쓰였다. 직원들 사이에서는 겨울이 오기 전에 쇼핑센터가 문을 닫을 것이며 쇼핑센터 자리엔 멀티플렉스 영화관이 들어설 거라는 소문이 빠르게 돌고 있었다. 나중에 군대에서 휴가를 나왔을 때 이 쇼핑센터가 사라지고 없다면 어떤 한 시절도 삭제되어 버린 듯해서 신경이 쓰이는 걸 거라고 수호는 생각했다. 그녀는 바라던 대로 어딘가에서 커피숍을 열 테고, 놀이공원이나 피에로가 없는 삶에 이내 익숙해질 것이다. 기억의 방식이 사람마다 다르다는 것쯤은 수호도 알고 있었다. 불만 같은 건 없었다.

뒤를 돌아봤다. 컨테이너 사무실에서는 재봉틀 소리가 끊이지 않고 들려왔다. 놀이공원은 한산해졌지만 오늘도 그녀는 아무도 강요하지 않은 혼자만의 야근을 이어 가고 있었다. 수호는 난간 쪽으로 걸어갔다. 8층에서 내려다보는 밤의 도시는 구체적인 삶의 공간이 아니라 그럴싸하게 세공된 건축 모형물 같기도 했고, 사막 한가운데서 죽어 가는 여행자가 마지막 환각으로 빚어낸 허상 같기도 했다. 작고 빛나고 부서질 듯 연약해 보이는 저곳 어디에 돈, 돈, 돈, 하는 인간들이 살고 있는 건지 수호는 볼 때마다 의아했다.

재봉틀이 잠시 멈췄다.

멈췄지만 이내 툴, 툴, 툴, 다시 소음을 만들면서 수호를 둘러싼 밤의 공기를 흩트렸다. 공기의 파장 때문인지 밤의 입술들 같은 8층 아래 조명도 미세하게 흔들려 보였다. 수호는 자신에게 허락된 놀이공원에서의 밤의 횟수를 가늠해 봤다. 쇼핑센터가 폐업을 선언하는 날, 혹은 입영 통지서가 나오는 날, 플러스 1150원의 세계도 끝날 터였다. 어쩌면 그런 날은 생각보다 일찍 올지도 몰랐다. 언제부터였을까. 알 수 없었다. 대체 언제부터 머저리는 유리병 안에 처박힌 시간이 사라지는 걸 아쉬워하기 시작한 걸까.

어제…….

어제를 떠올리자 반사적으로 웃음이 났다. 웃었지만, 허공으로 스며드는 웃음소리가 타인의 것인 듯 낯설다는 생각이 뒤따랐고, 그 순간 수호는 곧바로 입술을 꾹 다물었다.

어제는 특별한 날이긴 했다. 수호는 놀이공원 대신 홍대 근처에서 그녀와 하루 종일 함께 있었다. 그녀가 휴무일에 아르바이트를 하지 않겠느냐고 제안했을 때부터 7월의 첫째 주 월요일을 내내 기다려 오긴 했다. 아르바이트 제안을 받던 날, 수호는 일의 종류나 시급에 대해 묻지도 않고 무작정 하겠다고 대답했었다. 어차피 쇼핑센터 휴무일인 첫째 주와 셋째 주 월요일엔 노선 따위 모르는 버스를 타고 차고지까지 갔다가 되돌아오거나 한강 고수부지의 러닝 트랙을 심장이 아파 올 때까지 달리고 또 달리면서 시간을 소모했다. 집에 있는 게 싫었다. 웃음을 잃은 여동생과 하루가 다르게 야위어 가는 어머니는 조금씩 닮아 갔고, 아버지는 여전히 물속 같은 방에서 나오려 하지 않았다. 어쩌다 한 번씩 거실이나 화장실에서 아버지를 발견하면 수호는 재빨리 자리를 피했다. 그의 일그러진 얼굴을 마주 보게 된다면 자신도 모르게 불쑥 묻게 될지 몰랐다. 나에게 미래가 없다는 걸 알고 있느냐고, 덤덤한 듯 날카롭게. 쓸모없는 질문이었다. 모르고 싶은 것은 모른 척 덮어 두고 사는 방식이 지금으로선 최선에 가까운 차선이라고 수호는 생각했다. 어차피 삶에 필요한 인간적인 조건 같은 건 가져 본 적 없으니 진짜 최선과 현재의 차선을 비교하며 박탈감을 느낄 필요는 없었다.

그녀는 약속한 장소인 홍대 지하철역 앞에 빨간색 캐리어 가방을 끌고 나타났다. 가까이에서 본 캐리어는 군데군데 실밥이 터져 있었고 지퍼는 녹슬어 있었다. 오래된 사물은 대개 시끄럽다. 그녀의 빨간색 캐리어도 움직일 때마다 달달달, 요란한 바퀴 소리를 냈다. 어느 순간부터 그 캐리어는 수호가 끌고 있었다. 그녀는 주변 상가 상인들에게 허락을 받고 한 달 넘게 장사를 해 온 자리가 있다며 홍대 앞 번화가를 지나 동교동 쪽으로 앞장서서 걸어갔다. 그녀가 걸음을 멈춘 곳은 노래방과 고깃집 사이의 작은 골목 입구였다. 허름한 건물에서 비어져 나온 배관 시설과 에어컨 실외기가 복잡하게 얽혀 있고 바닥엔 쓰레기가 함부로 버려져 있는 곳이었다. 눈에 띄거나 쾌적한 장소는 아니었지만 건물과 건물 사이여서 뜨거운 햇살을 피할 수 있는 작은 응달은 있었다. 그녀는 곧 캐리어를 열어 접이식 플라스틱 테이블과 아이스크림 기계, 우유와 크림 파우더를 꺼냈다. 그녀가 우유에 크림 파우더를 섞어 아이스크림 기계에 넣는 동안, 수호는 테이블을 펼친 뒤 광고용 형광색 종이를 그 위에 고정했다.

단돈 1000원, 시원달달 아이스크림.

그녀가 여러 가지 색의 매직으로 쓴 글자들은 그녀를

닮아 작고 둥글었다.

오전 10시에 장사를 개시했지만 손님은 정오가 넘어서 야 조금씩 찾아오기 시작했다. 오후 2시까지는 점심을 먹 으러 나온 사무원들이 주로 아이스크림을 사 갔고 그 후에 는 학생 손님이 많았다. 곁에서 본 그녀는 장사 수완이 좋 았다. 요령껏 손님을 유인했고 누구에게나 친절했으며 계 산은 실수 없이 신속했다. 수호가 하는 일이라곤 기계 손 잡이를 당겨서 아이스크림을 콘에 얹은 뒤 손님에게 건네 는 것뿐이었다. 손님의 발길이 뜸해졌을 땐 골목 바닥에 전 단지를 깔고 그녀와 나란히 앉아 흘러가는 여름을 지켜보 기도 했다.

물기가 빠진 7월의 거리는 내리비치는 직선의 햇살 속에 서 선명하게 빛났다. 흐릿함 따위는 거부하겠다는 듯, 풍경 은 견고한 테두리 안에서 그저 정연하기만 했다. 겨울쯤에 커피숍을 하나 차리려 한다고, 아이스크림 기계도 커피숍 에 들이기 위해 미리 사 놓았는데 그냥 두기 아까워 6월부 터 휴무일마다 이곳에서 장사를 해 왔다고, 여름이 끝날 때 까지만 도와 달라고, 깔고 앉은 전단지의 끝을 접었다 펴며 그녀는 차근차근 말을 이어 갔다. 수호는 언제나처럼 한 박 자 늦게 재미있으니 좋다고 대답했다. 곁에서 그녀가 웃는 것도 같았지만 수호는 그녀 쪽으로 고개를 돌리지 못했다.

즐비한 상가들에 하나둘 조명이 들어올 즈음 장사를 마

감했다. 아이스크림은 120개 정도가 팔렸다. 수호는 접은 테이블과 아이스크림 기계를 캐리어에 다시 넣었고 그녀는 골목 안쪽에서 쭈그리고 앉아 돈을 셌다. 한참 후에야 계산을 마친 그녀는 수호에게 1만 원짜리 세 장과 5000원짜리 네 장, 그리고 1000원짜리 여덟 장을 함께 내밀었다. 총 매출의 절반 가까운 돈이란 건 계산기를 두드리지 않아도 금세 알 수 있었다. 아이스크림 기계도 그녀 것이고 재료도 그녀가 준비했는데 그 돈을 모두 받아도 되는 건지 수호는 판단이 서지 않았다. 머뭇거리다가 받은 돈에서 2만 원을 빼서 그녀에게 도로 내밀었다. 됐어, 말한 뒤 그녀는 수호가 정리해 놓은 캐리어를 끌며 큰길로 나갔다. 시계를 보니 이제 겨우 저녁 8시였다.

갈 곳이 없었다.

수호는 지도를 잃은 여행자처럼 골목 한가운데 우두커니 서 있다가 뒤늦게 잰걸음으로 그녀를 쫓아갔다. 그녀가 의아한 얼굴로 뒤를 돌아본 순간, 수호는 그녀에게서 다시 캐리어를 가져왔다. 달달달, 바퀴 소리는 하루 사이에 더 요란해져 있었다. 걷는 동안엔 주로 그녀가 말했고 수호는 가만히 듣고만 있었다. 한참을 걸으니 연희교차로가 나왔다. 그녀의 걸음이 좌측으로 꺾였고 수호도 부지런히 따라갔다. 외벽이 손상된 낡은 교회와 유리문에 '두 마리에 1만 5000원'이라고 쓰인 치킨 가게 사이를 그녀는 가리켰다. 그곳 어딘가에 그녀의 집이 있는 모양이었다. 그 샛길 안쪽, 작은 슈퍼 앞 평상에서 그녀는 멈춰 섰다. 그리 건강해 보이지 않는 나무 한 그루가 허술한 그늘을 만들어 주는 평상이었다. 수호는 캐리어를 옆에 세워 놓은 뒤 평상에 걸터앉았고, 슈퍼로 들어갔던 그녀는 컵라면 두 개를 빈 상자에 얹어 들고 나왔다. 그녀는 여러 번 그 평상에서 쉬곤 했는지 아무렇지도 않게 샌들을 벗고는 평상 위로 올라갔다. 골목 끝에는 나무로 빽빽한 화단과 높은 가림막이 있었다. 가림막 안엔 경의중앙선 철로가 있다고 그녀가 알려 주었다. 백마, 파주, 문산, 구리, 덕소, 양평…… 어쩐지 먼 행성의 이름 같은 역명(驛名)들을 수호는 머릿속으로 천천히 더듬어 봤다. 마침 전차 한 대가 지나갔고, 전차 소리 덕분에 그 골목에서도 시간이 흘러가고 있다는 게 실감됐다. 그 소리 외엔 모든 것이 고요하게 응고되어 있었다. 병약한 나무 잎사귀에 잠시 머무는 한 조각의 바람도, 낮은 담 너머에서 들려오는 텔레비전 소리도, 컵라면 뚜껑 사이로 흘러나오는 하얀 김도 허공에 붙박여 움직이지 않았다. 몽롱했다.

"어, 아직 있었네?"

그날의 몽롱함을 되새기는 수호에게 어느새 컨테이너 사무실에서 나온 그녀가 말을 걸었다. 수호의 퇴근 시간이 날마다 조금씩 늦어지고 있다는 걸 모른다는 듯 목소리가 태연했다. 그녀가 재봉틀을 돌렸던 그 수많은 밤에, 수호는 세제를 묻힌 헝겊으로 놀이기구의 녹슨 부위를 닦았고 볼풀장의 고무공들을 양동이에 담아 물에 헹구어 말렸다. 파라솔을 테이블에서 분리하여 흙물을 제거하기도 했고 놀이공원 곳곳에 놓인 화분들에 물을 준 날도 있었다. 아무도 시키지 않은 일들이었다.

그녀는 난간을 향해 선 채 길게 기지개를 켜더니 가벼운 스트레칭으로 몸을 풀었다. 언제부터인가 밤의 놀이공원에는 이런 장면이 있었다. 각자의 야근을 마치고 난 뒤 난간에서 만나 밤의 일부를 공유하는 장면…….

"재미있는 거 보여 줄까?"

그녀가 갑자기 그렇게 묻더니 주머니에서 풍선 하나를 꺼냈다. 아이들을 모아 놓고 가끔씩 불어 주는 요술 풍선이었다. 풍선에 낙낙하게 바람을 채운 뒤 이리저리 꼬고 비틀어서 고양이나 강아지, 토끼 같은 동물을 만들어 주면 5분 정도는 평화가 찾아왔다. 오늘 그녀의 풍선은 초록색 코끼리가 되었다. 며칠 전에는 동전을 입에 넣는 척하다가 손안에 숨긴 뒤 과장된 포즈로 뱉어 내는 그녀가 이 장면 속에 있었다. 그런 것도 마술이라고 부를 수 있는 건지 의아했지만 그녀는 진지했다. 또 어느 날엔 고무공 세 개로 엉성한 저글링을 시연한 뒤 수호에게 무턱대고 따라 해 보라고 다그치기도 했다. 수호는 마술도, 저글링도 제대로

하지 못했다. 동전을 떨어뜨렸고 허공으로 던진 고무공들
은 단 하나도 받지 못했다. 그럴 때, 곁에서 들려오는 그녀
의 웃음소리 역시 작고 둥글었다.

"저기 봐, 무슨 기차 같아."

그녀의 시선이 닿는 곳을 수호도 바라봤다. 한강 다리
로 이어지는 진입로에 차들이 길게 이어져 있었는데, 차창
마다 조명을 밝힌 차들의 행렬이 그녀의 말대로 밤의 대
기를 가르는 기차를 닮아 있었다. 어제의 그 골목에서처럼
수호는 궁금해졌다. 서울 외곽을 달리는 전차 안에서 바라
보는 창밖의 풍경은 서울의 연장선일지, 아니면 서울과는
단절된 분위기일지, 그녀는 경의중앙선을 타고 어디까지
가 봤는지…… 수호는 경의중앙선을 타 본 적이 없었고,
그랬기 때문에 전차 안에서 문산이나 양평으로 이어지는
풍경을 본 적도 없었다.

궁금해요.

나무 그늘 아래 평상에서 수호가 그렇게 말했을 때, 그
녀는 라면을 먹다 말고 뭐가, 하는 얼굴로 수호를 바라봤
었다. 무엇이 궁금한지 말할 차례였지만, 문산도 양평도
가 보지 못했다는 걸 수호는 굳이 밝히고 싶지 않았다. 얼
결에 겨울에 개업한다는 커피숍이 궁금하다고 대답하자
그녀는 아무것도 못 들은 척 다시 라면을 먹는 데 집중했
다. 또 다른 전차 한 대가 가상의 세계에서 온 손님인 양

여전히 소리로만 그 존재를 증명하며 가림막 너머를 지나가고 있었다. 실은 아직 그만한 돈이 없어. 그녀가 젓가락을 내려놓은 뒤 손톱의 거스러미를 떼어 내며 무심히 대답했다. 철컹철컹, 동업자를 찾아야 할 거야, 철컹철컹, 그것도 돈 많은 동업자, 철컹철컹, 너 돈 좀 있니? 철컹철컹, 말해 봐, 철컹철컹, 넌 뭣 때문에 학교도 휴학하고 일하러 다니는 거야? 철컹철컹, 대학교란 말만 들어도 가슴이 뛰는 사람이 여전히 존재한다는 건 아니? 철컹철컹, 철컹철컹. 전차 소리가 잦아든 뒤에야 수호는 그녀의 목과 어깨 사이에 시선을 고정한 채 말했다. 돈이 좋아요. 돈이 왜 좋아? 그녀가 고개를 들어 자못 진지한 얼굴로 다시 물었고 수호는 뚜렷한 이유도 없이 화가 났다. 돈 싫어요? 근데 왜 남들 다 쉴 때도 돈 벌러 다니는데요? 그러나 되묻지는 못한 채 나무젓가락만 톡, 톡, 분질렀다. 그녀가 벗어 놓은 샌들을 찾아 신으며 말했다.

가자.

수호가 컵라면 용기와 나무젓가락을 버리고 돌아오자, 캐리어를 끌고 골목 안쪽으로 몇 걸음 더 들어가 있던 그녀는 수호를 향해 천천히 손을 흔들어 보였다. 마치 수호를 이곳에 남겨두고 혼자 아주 먼 곳으로 여행을 떠나려는 사람 같았다. 돌아서서 그 골목을 다시 빠져나오는 동안 어딘가에서 그녀가 불쑥 나타나 말을 걸어올 것만 같아 수호는 끊임없이 주위를 두리번거렸다. 골목은 여전히 고요했고 여름은 깊어 갔다.

"가져."

그녀가 바람을 잔뜩 먹은 초록색 코끼리를 수호에게 내밀며 말했다. 수호가 손안에 들어온 코끼리를 가만히 내려다보는 동안 그녀는 사무실로 들어가 가방을 챙겼다. 집으로 돌아갈 시간이었다. 쇼핑센터를 나온 뒤엔 큰길까지 그녀와 함께 걸었다. 아직 신호가 바뀌지 않은 횡단보도 앞에서 수호는 그녀의 옆얼굴을 흘끗 바라봤다. 코가 낮았고 속눈썹은 길었다. 머리칼을 넘기면서 드러난 귀는 작고 쓸쓸해 보였다. 수호의 시선을 의식했는지 그녀는 조금은 경직된 얼굴로 정면만을 응시했고, 신호가 바뀌자 재빨리 횡단보도를 건너갔다. 갈림길에서 그녀는 예의 그 작고 둥근 손을 흔들어 보인 뒤 돌아섰다. 그녀가 사라지면 매번 갈 곳 없는 사람이 되어 버리는 상황이 수호는 새삼스러웠다.

계속 걸었다. 열대야가 찾아온 7월의 거리엔 야외 파라솔을 꺼내 놓고 손님을 받는 술집들이 흔했고, 더위를 피해 집을 나와 서성이는 사람들로 북적였다. 걸어서 가구점 앞에 도착했을 땐 밤 11시가 훌쩍 넘어 있었지만 거리의 열기는 여전히 식지 않은 채였다. 가구점 뒷문을 수호는 스스럼없이 열었다. 이 시간에는 종이컵 여자가 가구점에 오지 않는다는 걸 수호는 이제 경험으로 알고 있었다. 침

대에 앉아 가방에서 휴대전화를 꺼내 전원을 켜는데 화장
대 위에 놓인 화분이 시야에 들어왔다. 물끄러미 화분을
건너다보다가 무심코 고개를 들었을 때, 수호는 화장대 거
울 속에서 분장을 지운 맨얼굴로 겁도 없이 웃고 있는 피
에로를 보았다.

*

주문한 음식이 나오자마자 가방 안에서 휴대전화 벨 소
리가 울렸다. 액정에는 중개 사무소 번호가 뜨고 있었다.
민은 잠시 망설이다가 통화 버튼을 눌렀다. 강남에서 온 고
객을 소득 없이 보낸 뒤로 정 대표는 민에게 예민해져 있었
고 민은 그 예민한 촉수가 불편하면서도 이해됐다. 7월의
실적도 6월만큼 부진했다. 휴대전화 저편에서 정 대표는
그답지 않게 낮고 조심스러운 목소리로 말했다.

"여기 사무소에 거, 언제냐, 5월엔가 명성아파트 27평
계약했던 부부가 와 있어. 그 아파트가 경매에 넘어갔대
요. 기억 안 나? 젊은 신혼부부, 남편 되는 분은 이 근처 고
등학교에서 수학인가 과학 가르친댔잖아."

민은 그대로 자리에서 일어나 밥값을 계산하고 식당을
나왔다. 중개 사무소 쪽으로 한참을 걸어간 뒤에야 그 계
약의 세부사항이 구체적인 장면으로 떠올랐다. 전세 계약

을 중개한 건 5월이 아니라 4월이었고, 그날은 서울에 미세 먼지 비상 저감 조치가 발령된 날이기도 했다. 유난히 체구가 작은 부부가 중개 사무소 문을 연 순간, 먼지 냄새로 코끝이 매캐했던 것이나 언뜻 고개를 들어 바라본 유리문 밖 서울이 황폐해 보였던 게 차례로 떠올랐다. 그들은 체구만큼 몸짓과 목소리도 작아서 어쩐지 그들을 둘러싼 세계가 헐겁게만 느껴졌던 것도 민은 또렷이 기억했다. 몸에 맞는 사이즈보다 몇 치수 크게 조성된 무대에 내던져진 두 명의 배우 같았던, 그러나 외롭다기보다 단란하다는 인상을 주었던 젊은 부부. 그들은 세상에 단둘뿐이라는 듯 상담 중에도 잡은 손을 놓지 않았고, 의견을 나눌 땐 이마가 거의 닿을 듯 서로를 마주 보며 낮게 속닥였다.

중개 사무소 앞에서 민은 잠시 그대로 서 있었다.

유리문 너머로 소파에 앉아 있는 정 대표와 낯이 익은 그 부부가 보였다. 그날, 그들을 그 문제의 아파트로 데려간 건 민이었다. 집주인이 아파트를 매입할 때 은행에서 빌린 대출금이 다소 많은 것 같다며 불안감을 내비치던 그들에게 그 정도의 대출금도 없이 아파트를 살 수 있는 사람이 얼마나 되겠느냐고 되물은 것도 분명 민이었다. 근거리에 있는 지하철역과 남자의 직장을 거론하며 신혼을 시작하기에 더 이상 적합한 곳은 없을 거라고도 했던가. 아마. 이 근방의 매물 중에 그들이 원하는 가격대에서 그보다 나은 조건의 전세 아파트가 없었던 건 사실이었다. 건축된 지 20년이 넘은 데다가 브랜드도 없는 세 동짜리 소규모 아파트여서 가격대가 시세보다 낮게 책정된 곳이었다. 그사이에 집주인의 경제 사정이 급속도로 악화되어 아파트가 경매에 넘어가고 세입자의 전세금마저 보장받지 못하게 되리란 건 그 어떤 서류에도 나와 있지 않았다. 민이 예측할 수 있는 영역이 아니었다.

민이 한 손으로 문을 밀고 사무소 안으로 들어서자 세 사람의 시선이 일제히 민 쪽으로 몰렸다. 남자는 학교에서 급하게 나온 듯 실내용 슬리퍼를 신고 있었고, 여자는 계약 당시와 달리 완만하게 배가 나와 있었다. 그들은 여전히 작았고 손가락으로 쓰윽 문지르면 사라져 버릴 것처럼 희미했다. 도망치고 싶었지만 그럴 수 없다는 걸 민도 잘 알고 있었다. 낯설지는 않았다. 다만 일을 했을 뿐인데도 타인에게 고통을 주는 상황이라면 이미 작년 여름에도 민의 삶을 거칠게 헤집고 지나갔고, 지금도 민은 그 상황에서 완전히 헤어 나오지 못했다.

작년 여름, 민에게는 많은 일들이 있었다. 결혼을 앞둔 사람의 표준적인 역할, 그때 민은 그 역할에 충실했고 그 역할에 대해서만큼은 아무것도 의심하지 않았다. 함께 거주할 집을 찾아다녔고 공유하게 될 침대와 식탁의 종류에 대해 고민했으며 흩어져 살고 있던 민의 부모와 종우의 형

제들과도 번갈아 가며 식사를 했다. 회사에도 민과 종우가 곧 결혼한다는 소식이 금세 퍼졌는데, 직원들은 그 예정된 결혼을 기꺼이 축하하면서도 민이 종우보다 나이가 많고 사내에서의 위계가 더 높다는 것을 상기하며 그들 사이의 사적인 호칭이라든지 농담의 방식을 궁금해하곤 했다. 만나거나 연락할 사람도 많았고 날마다 구입할 것이 새로 생겼으므로 회사 일에는 신경 쓸 여력이 없었다. 일의 성과가 나오면 좋았다가 나빴고, 그리고 잊었다.

기계 부품 제조사인 C사의 회계 감사 보고서가 기업의 부실성 판정의 근거가 되어 구조 조정이 감행되고 그 여파로 100명이 넘는 해고자가 나왔다는 이야기가 들려왔을 때도, 민은 그 일을 마음 깊이 각인하지 않았다. 그 보고서를 맡은 팀에 소속되어 있던 종우 역시 그때까지만 해도 그리 흔들리지 않았다. 아마, 그랬을 것이다. 그가 괴로워할 명분이랄 것도 사실 실재하지 않았다. 그는 팀의 말단 회계사일 뿐, 그가 관리하고 판단하고 결정한 건 없었다. 시키는 대로 하고 주어진 일을 실수 없이 처리하는 건 회사에 귀속된 사람들에게는 가치 판단이 무의미한 일상이었다. 하지만 C사의 직영 공장에서 파업이 장기화되고 폭력 진압으로 부상자가 속출했다는 소식이 전해지자 종우는 흔들리기 시작했다. 그는 좀처럼 일에 집중하지 못하는 모습을 보였고 팀 사람들과의 점심 식사나 회식에는 이런저런 이유를 대며 빠졌다. 민과의 약속도 자주 취소했는데, 그런 날이면 안산에 위치한 C사의 폐쇄된 공장을 찾아가는 듯했다. 전기와 수도가 끊긴 빈 공장을 몇 주째 점거하고 있다는 해고 노동자들에게 생수나 생필품 같은 걸 들여보내는지도 몰랐다.

유난히 덥고 가물던 여름이었다. 제대로 씻을 수 없고 인간답게 배설하지도 못하는 공장 안의 풍경에 대해서라면 짐작되는 바가 많았지만, 민은 종우에게 아무것도 묻지 않았다. 더 많이 알게 되는 게 피곤했고 불안했다. 그저 기다리는 수밖에 없었다. 그가 현실적인 수평 감각을 되찾을 때까지, 서류 바깥에서 일어나는 일들에 무감해질 때까지, 숫자와 통계에 적용되지 않는 결과를 예측하거나 조종할 수는 없으므로, 그러니까…….

그러니까 네가 책임질 건 없다고. 내 말 알겠어?

한 달여 후 신혼을 시작하게 될 일산의 아파트에서 민은 종우에게 그렇게 말했다. 그날은 인테리어 공사가 완료된 날이었고 민은 퇴근하는 길에 아파트에 들러 종우를 불렀다. 종우는 자정이 다 되어서야 아파트에 도착했다. 그는 늦었지만, 그래도 민은 기분이 좋았다. 현재의 안온과 미래라는 가능성이 그토록 확연했던 적은 없었다. 민과 종우는 거실에 쌓여 있던 크고 작은 택배 상자들 사이에 앉아 와인을 마셨고 짧지만 정신없이 사랑을 나누기도 했다.

가짜라고, 새벽에 깬 종우가 말했다. 웅크려 앉은 자세 때문인지 어둠 속에서도 그의 척추뼈가 유독 도드라져 보였다. C사의 회계 감사 보고서는 조작된 것이며 C사는 노동자들을 대량 해고한 뒤 공장을 중국이나 베트남으로 이전하려는 거라고, 그는 민을 보지 않은 채 이어 말했다.

로비가 있었겠지. 분명 그랬을 거야.

조소 어린 목소리였다. 그제야 민은 거실 바닥에서 부스스 일어나 그의 옆얼굴을 가만히 건너다봤다. 좀처럼 술이 깨지 않았지만 민은 최대한 정신을 차리기 위해 노력했다. 긴 이야기를 했고, 내 말 알겠어?, 확인하듯 물은 뒤엔 회사에선 조작이니 로비 같은 말은 꺼내지도 말라고, 사회생활을 하다 보면 어느 정도의 무관심이 능력이 되기도 한다고, 여자 친구가 아니라 상사로서 하는 말이라고, 훈계하듯 떠들어 대기도 했다. 종우는 바로 앞에 있었지만 조명은 여전히 꺼진 채였으므로 그가 어떤 표정을 짓고 있었는지는 세심하게 파악할 수 없었다.

종우와 헤어진 뒤, 민은 자주 그날을 떠올렸다. 그때 어둠 속에 있던 종우의 얼굴을 어떻게든 복원해 보려고도 했다. 혼란스러워했던가, 아니면 냉정했던가. 차갑게 실망했을까, 뜨겁게 분노했을까. 모든 것이 모호했지만 그날이 하나의 기점이 된 건 확실했다. 종우는 그날 이후 더 이상 민에게 전화하지 않았다. 민의 전화도 받지 않았고 회사에서 마주치면 시선을 피했다. 민은 인터넷 쇼핑몰을 돌며 생활용품을 구입하는 일에 집착했고 혼자서 웨딩드레스를 가봉하러 갔으며 인천에서 열린 가구 박람회까지 보러 갔다. 막연하게 불안했던 것이 점점 현실이 되어 가고 있었지만, 어쨌든 시간이 흘러가는 것만큼은 변하지 않는 사실이었다. 시간의 정직함 외에 민이 기댈 건 없었다.

"우리는요, 실장님이 추천하니까 믿고 계약한 거거든요. 그때 분명히 말씀하셨잖아요. 괜찮다고, 안전하다고. 실장님, 우린 아파트 전세금이 전 재산이에요. 그것 말고는 아무것도 없어요, 아무것도."

이때만을 기다렸다는 듯 조급한 목소리로 말하는 여자를 민은 공허한 눈빛으로 건너다봤다. 남자가 여자의 떨리는 손을 잡으며 대책이 없겠느냐고 조심스럽게 물었다. 대책이 있을 리 없었다. 미안했지만, 그 말의 무게를 책임질 수 없으니 사과도 무의미했다. 정 대표가 곁에서 눈짓을 보냈다. 대충 사과한 뒤 돌려보내라는 신호인 듯했다. 그러나 그 말이 좀처럼 나오지 않아 민도 답답했다.

일산의 아파트에서 함께 밤을 보냈던 그날 이후 일주일 만에 만난 종우의 얼굴은 창백했고 눈가는 거뭇했다. 그 피곤한 모습으로 종우는, C사가 조작된 회계 감사 보고서로 법정 관리를 받는 것은 부당하다는 의견서를 법원에 제출하겠다고 민에게 알렸다. 그 감사 보고서를 작성한 회사에서 월급을 받고 있다는 것과, 의견서를 제출한다면 한 순간에 적으로 돌아설 회사 사람들을 모아 놓고 결혼식을 올리기로 되어 있다는 걸 전혀 모르는 것처럼 구는 그가 민은 이해되지 않았다. 이해되지 않는다고 민이 화를 냈을 때, 종우는 이해를 바라지 않는다는 대답으로 민을 더 당혹스럽게 했다. 의견서를 제출한 뒤의 계획에 대해 묻자 종우는 아무 대답도 하지 못했다. 한참 뒤에야 주눅 든 목소리로 그가 미안하다고 말했을 때, 민은 배려를 가장한 무심한 폭력에 대해 생각했다. 미안하다, 그 말의 무의미함에 대해서도. 그러나 결국……

"죄송합니다."

민은 말했다.

"지금으로선…… 일단 법원에 배당금을 신청하는 게 최선이고…… 판결은 어떻게 날지 알 수 없지만, 그러니까 전세금 전부를 다 돌려받지 못한대도……."

민의 말이 끝나기도 전에 여자가 주저앉더니 소리 내어 흐느끼기 시작했다. 남자는 그런 여자와 민을 번갈아 바라봤고 정 대표는 울리지도 않는 휴대전화를 들고 사무소 밖으로 나갔다. 민은 허리를 숙여 다시 한번 사과했지만 그들은 민 쪽을 보지 않았다. 흐느끼는 여자와 그 여자를 달래는 남자, 그리고 아마도 올해가 가기 전에 태어날 그들의 아이를 남겨 둔 채 민은 그대로 돌아섰다. 중개 사무소를 나오자 정 대표가 퍼뜩 놀라며 손에 들고 있던 담배를 떨어뜨렸다. 해결됐어? 물은 뒤, 하긴, 해결이 어디 있나, 아무튼 고생했네, 그래, 좀 쉬다 와, 연이어 말했다. 민은 무작정 앞만 보며 걷다가 지나가는 빈 택시를 잡았다.

공중의 폐허는 사라지고 없었다.

택시에서 내린 민은 공사용 초록색 그물망에 둘러싸인 5층 회색 건물 앞으로 뚜벅뚜벅 걸어갔다. 1층의 감자탕집과 커피숍은 텅 비어 있었고 간판과 창문들은 모두 떼어져 있었다. 여기 있을 줄 알았는데……. 민은 중얼거렸다. 그들의 현수막이 여름의 한가운데서 열매처럼 익어 가고 있을 거라고 민은 믿고 있었다. 사무소에 앉아 있다가, 운전을 하거나 주문한 음식을 기다리다가도 민은 종종 이곳을 떠올렸고 염려했다. 상상도 했다. 종우가 이곳을 찾아와 목을 뒤로 젖힌 채 건물 옥상을 올려다보는 상상이었다. 처음 해 보는 상상은 아니었다. 민의 상상 속에서 종우는 C사의 공장 앞에서도 그 자세로 서 있곤 했으니까. 폐허를 외면하지 않는 그를 은밀하게 대견해한 적도 있지만 그런 마음은 그리 오래가지 않았고, 대신 뜻밖의 외로움이 밀려오곤 했다.

호되게 버림받은 기분이 들곤 했다.

그럼 나는!

지금도 이곳 어딘가에서 서성이고 있을 것만 같은 종우

에게 민은 외치고 싶었다.

뭐야, 난, 대체 뭐야, 어?

어어!

그때 민이 선택한 마지막 패는 종우와 친분이 있는 상사에게 은밀히 도움을 청하는 것이었다. 일단 종우를 말리는 수밖에 없었다. 사내에서 유일하게 따르던 사람이 제지한다면 종우도 자신의 계획이 얼마나 순진하고 어리석은 것인지 직시하게 될 거라고 민은 판단했다. 그리고 오래지 않아 그 판단이야말로 순진하고 어리석었다는 걸 깨달았다.

상사는 비밀로 해 달라는 민의 부탁을 지켜 주지 않았다. 비밀을 공유하는 것과 공범자가 되는 건 다른 거라고, 집까지 찾아간 민에게 그는 말했다. 공범자, 그가 선택한 그 단어에 얼굴이 화끈거려 민은 더 이상 아무런 대꾸도 하지 못했다. 그는 잠시 고요하게 민의 얼굴을 건너다봤다. 냉정한 시선은 아니었다. 다만, 아이들을 상대하는 것에 지친 듯한 어른의 눈빛이었다.

상황을 파악한 회사의 반응은 예민했고 그 대응은 놀라울 정도로 민첩했다. 회사는 종우에게 의견서와 관련된 계획을 포기하지 않는다면 공문서위조죄와 업무방해죄로 고소하겠다고 정중하게 위협했고, 뒤에서는 문제가 될 만한 자료를 폐기하거나 은폐했다. 회사에는 종우의 편이 없었다. 그의 행동은 정의가 아니라 비상식으로 받아들여졌다. 혹은 만들어진 허상, 아니면 유치한 과대망상. 그의 정의를 인정하면 자동으로 처하게 되는 상황, 그러니까 부도덕한 공동체의 일원이 되는 그 상황은 모두에게 껄끄럽고도 부자연스러운 일이었다. 옳은 것, 그리고 옳지 않은 것이 종우의 믿음만큼 명확하게 구분되는 것도 아니었다. 회계사의 서류는 중립적인 숫자들의 조합일 뿐, 거기엔 선의도 악의도 없었다. 그러니 일자리를 잃은 자의 좌절과 그 가족들의 현실적인 고통은 의도나 목적이 될 수 없었고, 그저 일의 파생적인 결과에 지나지 않았다. 종우는 이사실에 불려가 의견서를 제출하지 않겠다는 각서를 썼고, 종우가 빼돌린 자료는 모두 회수됐다. 자연스럽게 종우는 안산의 공장으로 향하는 발걸음을 끊게 됐다. 이제 그가 할 수 있는 일은 없었다. 그는 전의를 상실한 듯 보였고 민은 아무도 모르게 안도했다. 그리고…….

그리고 그 일이 일어났다.

파업에 참여한 뒤 경찰 조사를 받던 해고 노동자 중 한 명이 안산의 공장 옥상에서 몸을 던졌고, 그는 죽었다.

그건, 돌이킬 수 없었다.

종우는 무단결근을 시작했다. 그의 집 현관문은 잠겨 있었고 휴대전화는 꺼져 있었다. 어느새 일주일 앞으로 다가온 결혼식은 연기됐다. 아니, 취소됐다. 민은 청첩장을 받은 사람들에게 일일이 전화를 걸어 그 사실을 전해야 했다. 예식장과 사진 업체와 출장 뷔페로부터 위약금을 공제한 만큼의 환불을 받았다. 한 통의 전화를 끝내면 다음 통화를 할 때까지 진공 상태가 찾아왔다. 도대체가 시간이 흘러가지 않았다. 착실하게 차감된다고 믿어 왔던 시간이 술수를 부리자 매 순간이 영원처럼 지겨워졌다. 종우의 무단결근이 지속되자 회사는 어쩔 수 없다는 듯 그를 해고했다. 종우는 실업자가 되었고 동료와 연인을 잃었다. 종우에게 이제 민은, 자신의 희생적인 욕망을 회사에 알린 최초의 제보자에 지나지 않았다. 그때도 가정하곤 했던가.

내가 종우를 방해하지 않았다면, 차라리…….

차라리 그랬다면, 그는 종우를 희망이라 믿고 좀 더 버텼을지 모른다고, 버텨야 한다고, 일단 살아서 돌아가는 상황을 지켜보자고 다짐했을 수도 있다고, 그 모든 것이…….

나에게서 비롯되었다는 가정, 그런 안개 같은 가정들, 매 순간 숨을 옥죄어 왔던, 그러나 감정의 차원에서만 세워지고 무너지길 반복했던 텅 빈 성전(聖殿) 같은 고통일 뿐이란 걸 가장 정확하게 아는 사람은 민이었다.

누군가 어깨라도 잡아 주면 나도 지쳤어, 라고 자동으로 말할 준비가 되어 있었으나 아무도 민에게 말을 걸어오지 않는 하루하루가 이어졌다. 민은 그저 악착같이 일에만 몰두했다. 가장 먼저 출근했고 거의 매일 야근을 이어 갔다. 한 달짜리 열정이었다. 어느 날 팀 사람들과 점심을 먹는데, 그들이 웃고 사소한 농담을 주고받고 연금과 성과급과 투자 상품을 화제로 이야기하는 모습이 민에게는 터무니없이 낯설게만 보였다. 민은 그들의 세계에서 자신이 이미 배제되었다는 걸 느꼈다. 서운하거나 불안하지는 않았다. 그저 한 달 동안 무대 위에서 연기를 해 왔다는 뒤늦은 자각이 당혹스러웠을 뿐이다. 그날 민은 점심을 먹다 말고 인사도 없이 자리에서 일어나 그대로 사무실로 돌아갔고, 바로 사직서를 작성했다. 종우의 해고 이후 한 달 만이었다. 민의 선택을 의아해하거나 말리는 직원은 아무도 없었다. 동료들과 유효기간이 그리 길지 않은 서운함을 나눠 가진 뒤 소지품을 챙겨 회사를 나오던 날, 여름은 끝나 있었다.

민은 회색 건물로부터 돌아섰다. 가구점은 버스로 다섯 정거장 정도 떨어진 곳에 있었지만 민은 걸을 수 있을 때까지 걷고 싶었다. 목수가 만든 침대에 누워 한 시간만이라도 자고 일어난다면 그 모든 일들이 이미 종결된 타인의 삶인 듯 멀게 느껴질 것만 같았다.

가구점에 도착하여 안으로 들어간 민은 곧바로 침대에 누웠다. 누운 채 구두를 벗고 베개에 얼굴을 묻는데 화장대 위에 놓인 화분이 눈에 들어왔다. 민은 돌연 용수철처럼 침대에서 벌떡 일어나 맨발로 화장대 앞까지 걸어갔다. 긴장한 채 손을 뻗어 화분 안쪽을 더듬어 보니 흙이 촉촉

했다. 짐작했던 대로, 목수는 이 화분을 외면하지 않았다. 스탠드를 켠 순간, 화분 뒤로 바람을 먹은 초록색 코끼리가 보였다. 조심스럽게 코끼리를 품에 안자 뜻밖에도 온기가 느껴졌다. 풍선에 바람을 불어넣은 뒤 이리저리 비틀고 꼬며 코끼리 모양을 만들어 갔을 목수를 상상하며 민은 가까스로 웃었다. 긴 시간이 흐른 뒤에도 이 순간을 잊지 못할 거라고 민은 생각했다.

코끼리를 품에 안은 채, 민은 오랫동안 우두커니 서 있었다.

*

서너 살 정도 되어 보이는 여자아이가 30분째 울고 있었다. 엄마의 휴대전화 번호와 집의 위치에 대해 여러 번 물어도 아이는 대답 없이 울기만 했다. 그녀가 곁에서 풍선을 불어 주며 달래 보았지만 아이를 진정시킬 수는 없었다. 녹은 사탕이 엉겨 붙은 아이의 손등을 바라보다가 주머니에서 휴지를 꺼내 아이에게 다가가자, 아이는 무슨 생각을 한 건지 발까지 동동 구르며 더 절박하게 울어 대기시작했다. 가까이에서 본 피에로의 얼굴이 흉측했던 걸까.

"언니가 아이스크림 사 줄까?"

그녀가 허리를 구부려 아이와 눈을 맞추며 묻자 아이는

울면서도 고개를 끄덕였다. 그녀는 이내 아이의 끈적끈적해 보이는 손을 덥석 잡고는 철제문 쪽으로 걸어갔다. 문을 나서기 전, 언뜻 뒤를 돌아본 그녀는 퇴근해도 된다는 신호인 듯 수호에게 고갯짓을 했다.

하지만 수호는 분장을 지우지도, 옷을 갈아입지도 않았다. 자리를 지키고 있다가 아이의 보호자가 나타나면 상황을 설명해야 한다는 생각뿐이었다.

쇼핑센터가 문을 닫을 때까지 보호자가 아이를 찾으러 오지 않는 경우는 종종 있어 왔다. 대부분은 그녀가 늦게까지 놀이공원에 남아 있다는 걸 아는 단골 고객이었다. 하지만 저 아이는, 수호의 기억이 맞다면, 오늘 처음 이곳에 왔고 보호자도 없이 내내 혼자 있었다. 아이의 보호자가 아이를 놀이공원 입구까지 데려다주었을 거라고 가볍게 여기고는 연락처를 받아 놓지 않은 게 실수라면 실수였다. 보호자가 이곳에 아이가 남아 있다는 걸 잊었을 수도 있지만 유기의 가능성도 배제할 수 없었다. 어떤 상황이든 보호자가 밤늦도록 나타나지 않는다면 결국 경찰을 불러야 할 터였다. 경찰이 내게도 신원을 요구하지 않을까, 생각하자 수호는 마음이 무거워졌다. 타인의 주민등록증을 도용한 죄가 발각되는 것보다 그런 순간에 그녀가 지어 보일 표정을 목도해야 한다는 게 더 두려웠다. 그렇다면…….

그렇다면, 일단 여기에서 도망가야 하는 것일까.

그러나 가능성일 뿐이었다. 아직 일어나지도 않은 일 때문에 그녀의 세계에서 달아날 수는 없었다. 아니, 그렇게 하고 싶지 않았다. 어느 순간 뒤에서 쿵, 하는 소리가 들려와 수호는 뒤를 돌아봤다. 문을 열어젖히며 들어온 그녀 또래의 여자가 초조한 눈길로 놀이공원을 살피고 있었다. 곧이어 쇼핑센터 보안 요원과 초로의 고객 센터 팀장도 모습을 드러냈다. 아이의 엄마가 아이를 찾기 위해 사람들을 불러온 모양이었다. 수호가 상황을 설명하기 위해 그들에게 다가가는데 마침 그녀가 아이를 데리고 놀이공원으로 들어서는 게 보였다.

도영이었나, 도연이었나.

여자가 부정확하게 이름을 부르며 아이에게로 달려갔다. 눈물을 잠시 그쳤던 아이가 다시 폭발하듯 울기 시작했고 여자는 있는 힘껏 아이를 부둥켜안았다. 목이 늘어진 티셔츠가 반쯤 벗겨진 것도 모른 채 아이와 함께 코를 훌쩍이며 울먹이던 여자가 갑자기 그녀에게 다가가 뺨을 세게 친 건 순식간에 일어난 일이었다. 그녀의 얼굴이 오른쪽으로 홱 꺾이면서 고깔모자가 바닥에 떨어졌다. 보아하니 여기 직원인 것 같은데 길 잃은 아기를 발견했으면 일단 고객 센터에 알리든지 해야지 왜 끌고 다니느냐, 그거 유괴 아니냐, 내가, 몸도 약한 내가 이 쇼핑센터를 몇 바퀴나 뛰어다녔는지 아느냐, 여자는 흥분한 채로 계속 그렇게 지껄여 댔고 아이는 겁먹은 얼굴로 그녀와 엄마를 번갈아 쳐다보기만 했다. 그녀는 불안할 정도로 침착하게 바닥에 떨어진 고깔모자부터 주웠다. 숨을 고른 뒤 여자 쪽을 바라보는 그녀의 시선이 무섭도록 서늘했다. 아닙니다, 그게 아닙니다, 어머님, 공손한 존대였으나 한기가 어린 목소리로 말하며 그녀가 여자에게 바짝 다가갔다. 팀장이 그런 그녀를 가로막았다.

"일단 사과부터 하게. 애를 우리 쪽으로 보내지 않은 건 어쨌든 자네 실수야."

팀장의 말에 그녀는 잠시 어리둥절한 얼굴로 그를 빤히 쳐다봤다. 고깔모자를 쥔 그녀의 손등이 창백해지는 게 어둠 속에서도 보였다. 수호는 그곳에 더 있다가는 자신이 무슨 짓을 할지 몰라서, 아니 그저 발작이라도 날까 봐 두려웠으므로, 황급히 사무실 안으로 들어간 뒤 문을 틈 없이 꽉 닫았다. 소용없는 짓이긴 했다. 사무실은 적막하고 컨테이너 박스는 허술해서 닫힌 문 너머로 밖의 소란이 다 들렸다. 그녀는 아무 말이 없었고 여자는 여전히 큰 목소리로 그녀를 몰아세웠으며 도영인지 도연인지 알 수 없는 아이는 또다시 울어 대기 시작했다. 모자와 가발을 벗어 던진 뒤 사무실 구석에 서서 손바닥으로 귀를 틀어막고 있던 수호는 돌연 문을 박차고 나가 여자에게로 저벅저벅 걸어갔다. 화가 났다. 화가 나서 돌아 버릴 것만 같았다. 손등의 심줄이 불거지도록 세게 여자의 팔을 잡았다. 가까이서 본 여자의 얼굴엔 기미가 가득했고 한여름인데도 입술 끝이 파랬다. 팀장과 보안 요원이 뒤에서 수호를 잡아끌었지만 수호는 여자의 팔을 놓지 않았고 여자는 수호에게서 벗어나기 위해 잡힌 팔을 휘저었다.

"아이가 왔다고, 아이가! 우리가 아이를 데려온 게 아니라고, 씨발!"

소리친 뒤에도 수호는 계속해서 씩씩거렸고 곁에 있던 팀장은 야, 너까지 왜 이래, 성난 듯 쏘아붙였다. 수호는 진정할 수 없었으므로 여자의 팔을 쥔 손에 더더욱 힘을 주었고 여자는 아앗, 외마디 비명을 질렀으며 그 순간 팀장은 수호의 머리를 세게 치고는 이번엔 수호에게 사과를 종용했다. 수호는 그녀 쪽을 보았다. 허공에서 무력하게 시선과 시선이 얽혔다. 잠시 뒤, 먼저 수호의 시선을 외면한 그녀가 빠른 걸음으로 철제문 쪽으로 뛰듯이 걸어가더니 그대로 놀이공원을 빠져나갔다. 수호는 여전히 사과를 하라고 다그치며 수호의 팔을 잡아끄는 팀장을 뿌리친 뒤 그녀를 따라갔다. 그녀가 탄 엘리베이터가 1층으로 내려가고 있었으므로 수호는 계단을 이용했다. 로비로 내려가 직원용 비상문을 통해 쇼핑센터를 나오자 큰길 횡단보도 쪽으로 걸어가는 그녀가 보였다. 발 사이즈보다 큰 노란색 장화 때문에 걸음엔 속도가 붙지 않았고 흰색 도란이 땀에 녹으면서 팔뚝이며 손등으로 뚝뚝 떨어졌다. 어느 순간 그녀가 수호 쪽을 돌아봤다. 또 그 얼굴이었다. 버려진 채 조금씩 희미해지는 빈집을 연상하게 했던 그날의 얼굴, 수호는 기억하고 있었다.

7월의 셋째 주 월요일이었던 그날, 수호는 그녀와 함께 두 번째이자 마지막으로 아이스크림 장사를 했다. 점심시간이 막 지나갈 무렵, 서너 명의 사람들이 이동식 매대와 큰 가방을 끌거나 이면서 길을 따라 허둥지둥 내려오는 게 보였다. 불안하게 그 모습을 지켜보던 그녀가 한쪽에 세워둔 빨간색 캐리어의 지퍼를 열며 단속반이 뜬 것 같다고 말했다. 그러고 보니 어디선가 새된 호루라기 소리가 들려오고 있었다. 함께 접이식 테이블과 아이스크림 기계를 캐리어에 밀어 넣은 뒤 무작정 큰길 쪽으로 뛰었다. 뛰긴 뛰었지만 어디로 가야 하는지는 그녀도, 수호도 몰랐다. 일단 지하철역 근처로 가서 눈에 들어오는 커피숍으로 들어갔다. 창가 자리에 앉아 필요 이상 평화로워 보이는 거리를 오래오래 건너다보는 동안 그녀는 수호를 보지 않았고 수호에게 말을 걸지도 않았다. 수호가 아이스커피를 한잔 사 와 건네자 그제야 그녀는 수호 쪽을 건너다봤다. 이제…… 빈집이 된 그녀가 말했다.

이제, 그만하자, 이거.

수호는 말없이 고개를 끄덕였다.

놀이공원으로 돌아가는 길에 그녀는 편의점으로 들어갔고 수호도 따라갔다. 맥주 캔을 한 아름 안고 와선 계산대에 내려놓는 마법사와 그 옆에 서 있는 피에로를 편의점의 남자 직원이 자못 흥미롭다는 듯 쳐다봤다. 행사장에서 사고를 치고 옷도 못 갈아입은 채 급하게 뛰쳐나온 한심한 인생들을 그는 상상하는지도 몰랐다. 편의점을 나와서도 뒤통수를 훑는 사람들의 집요한 시선이 느껴졌다. 수호의 장화에서 흘러나오는 빽빽거리는 소음에 깜짝 놀라 주위를 두리번거리는 노인도 있었고 휴대전화로 사진을 찍는 여고생도 있었다.

일군의 사람들은 이미 놀이공원을 떠나고 없었다. 녹은 아이스크림이 바닥에 떨어져 있는 게 눈에 들어왔지만 청소는 미뤘다. 그 대신 사무실로 들어가 평소처럼 각자의 벽을 보며 침묵 속에서 옷을 갈아입었고 클렌징크림을 주고받았다. 수호가 아래층 화장실로 내려가 분장을 지우고 다시 놀이공원으로 올라왔을 때, 그녀는 파라솔 의자에 앉아 벌써부터 맥주를 마시고 있었다.

수호가 한 발 한 발 다가가자 그녀가 새삼스레 반갑다는 듯 두 손을 크게 흔들어 보였다. 너도 마셔, 말하며 비닐봉지에서 또 다른 맥주 캔을 꺼내 뚜껑을 따 놓기도 했다. 수호는 그녀에게서 맥주 캔을 받기는 했지만 입술만 댈 뿐, 마시지 않았다. 그녀가 취한다면 뒷정리를 해야 했고, 무엇보다 깨어 있는 감각으로 기억해 두고 싶은 게 많았다.
어…… . 그녀의 입술이 살짝 벌어졌다.

"어, 오늘도 저기 기차 지나가네."

그녀가 보는 곳은 역시나 한강 다리로 이어지는 진입로
였다. 다리 보수공사가 보름 넘게 지속되고 있는지 진입로
는 오늘도 정체 중이었다.

"집에서…… ."

"어?"

"집에서 다 들려요? 전차 지나갈 때 그 소리…… ."

"그럼, 아주 가깝게 들려. 꿈속에서도 들리는걸. 실은…… ."

"…… ."

"실은, 서울 오기 전에도 기차역 근처에서 살았어."

그녀는 쉬지 않고 맥주를 들이켜며 틈틈이 말했다. 3년
전까지 살았던 고향에 대해, 그곳은 사과가 특산물이고
한 시절을 풍미한 중견 가수가 태어난 곳이라고 했다. 그
녀는 그 소도시에서 여상을 졸업한 뒤 잡화점의 카운터와
지역 박물관의 티켓 박스, 영어 학원의 접수대 등에서 일
했다. 기차 소리에 눈을 떴고 그 소리를 들으며 잠이 드는
하루하루가 이어졌다. 직장을 옮길 때마다 월급이 조금씩
올랐으므로 탑승한 기차 안에서나마 한 칸 한 칸 앞으로
가고 있다고 생각하며 남몰래 위로받기도 했지만, 배정된
좌석도 없이 어디로 가는지도 모르는 기차 안을 헤매고

다녀야 하는 자신의 처지를 깨닫는 일은 더 구체적으로, 더 빈번하게 일어났다. 그녀의 엄마가 복용하던 약값이 오르거나 집주인이 월세를 올려 받겠다고 통보할 때, 혹은 갖고 싶고 먹고 싶은 것은 언제까지고 유리 진열장 안에만 있을 거란 걸 예감할 때……. 늘 서울로 올라와 직장을 잡고 싶었지만 신장병과 당뇨로 오랫동안 투병 생활을 해 온 엄마 곁을 떠날 수가 없었다. 그래서 가끔씩 엄마가 미웠어. 저 엄마가 왜 내 엄마일까, 그런 생각을 했지. 말하며, 그녀는 세 번째 맥주 캔을 비웠다. 언제부터인가 퇴근하면 곧바로 집으로 돌아가지 않고 기차역 대합실에 앉아 시간을 보내곤 했다. 엄마의 밥과 약을 챙기고 저린 팔다리를 주물러 주고 소변통을 비우는 일이 지겨웠고, 자주 아무 기차표나 사서 먼 도시로 떠나고 싶은 충동과 싸웠다.

"거기 대합실에 날마다 나타나는 할머니가 있었거든. 아주 작고 마른 할머니였어. 왜 있잖아, 혼자서 계속 알아들을 수 없는 말을 중얼거리는 사람, 노숙자 같기도 하고 미친 사람 같기도 하고. 여름에도 겨울에도 색이 바래고 심하게 보풀이 인 잿빛 코트를 입고 있었어. 엄마 돌아가시고 나서 한동안 퇴근하고 나면 대합실에 가서 그 할머니를 찾았어. 돈을 줬어. 1000원도 주고 만 원도 줬어. 지폐가 없을 땐 동전들을 몽땅 꺼내서 쥐여 줬고."

"……."

"나 같았어."

"……."

"전부, 다."

"……."

"근데 어느 날 대합실에 가 보니 그 할머니가 보이지 않는 거야. 감쪽같이 사라져 버렸지. 내가 준 돈 모아서 기차표라도 한 장 끊은 걸까. 그 기차는 어디로 가는 기차였을까. 뭣 모르고 탄 기차가 더 외지고 더 이상한 데로 할머니를 데려간 건 아닐까. 말해 봐."

문득 말을 멈춘 그녀가 고요하게 수호를 건너다봤다. 밤의 대기로 스며든 침묵이 큰 조각으로 부서지고 있었다. 그녀가 아주 멀어 보였다.

"그게, 내 잘못인 거야, 응?"

철컹철컹, 그 소리가 들려왔다. 어디에서 온 것인지 알수 없듯 어디로 가는지도 확신할 수 없는 허공의 기차는 창문마다 창백한 빛을 달고 있었다. 그녀는 간혹 침대 밑이나 텔레비전 앞에 웅크리고 앉아 그 소리를 들을 터였다. 그 소리가 지나가는 동안만큼은 좌석 번호와 목적지가 분명하게 찍힌 표 한 장을 갖고 있다고 믿으며 안심하는 그녀의 모습을, 수호는 언제까지고 상상하고 싶었다.

그녀는 다시 빠른 속도로 맥주를 마시기 시작했다. 그녀의 이야기 하나를 알게 되었으니 수호도 자신의 이야기 하나를 들려주고 싶었다. 가령, 그 무렵 간간이 듣게 된 아버지의 숨죽인 흐느낌 같은 것을. 6개월 만에 방에서 나와 아파트 경비를 시작한 아버지는 보름도 안 돼 해고됐다. 주민들이 부녀회에 아버지의 해고를 건의했다고 들었다. 먼저 인사하는 법이 없고 주차를 돕거나 택배를 건넬 때마다 침울한 낯빛을 하고 있는, 게다가 얼굴 한쪽이 일그러진 채 움직이지 않아 보는 사람에게 서늘한 기이함을 안겨주는 경비를 그들도 견디기 힘들었을 것이다. 인생의 마지막 코너라고 생각했던 경비직에서마저 거부되자 아버지의 고요한 세상은 다시 닫혔다. 아버지는 꼭 새벽에만 울었다. 어머니와 여동생은 한번 잠이 들면 잘 깨지 않았으므로 수호는 어쩔 수 없이 아버지의 울음을 수신하고 기억하는 유일한 증인이 되어야 했다. 그런 새벽에는 잠이 오지 않았다. 어느 날은 집을 나가 무작정 새벽 거리를 뛰기도 했다. 아무리 먼 곳까지 뛰어가도 거기엔 공항도, 국경도 없었다. 서울은 거대한 유리 감옥 같았고 살아 있는 한 어디로도 가지 못하리란 예감은 점점 더 뚜렷하게 수호의 마음에 새겨졌다.

그녀는 취해 갔고 자정 즈음 결국 파라솔 테이블에 얼굴을 묻었다. 사무실로 들어가 박스를 뒤지자 다행히 바닥에 깔 만한 휴대용 돗자리 하나가 나왔다. 돗자리를 펼치고 몇 벌의 의상을 돌돌 말아 베개를 만들었다. 마법사의 방토는 이불로 적당할 듯했다. 급조된 잠자리로 그녀를 부축하며 데려가면서 수호는 허둥대지 않기 위해 노력했다. 그녀를 눕히고 사무실의 형광등을 껐다. 사무실 문손잡이를 잡았지만, 수호는 움직이지 않고 가만히 서 있었다.

돌아섰다.

그녀 앞에 조심스럽게 앉아 왼쪽 뺨에 손을 얹어 보았다. 기록 같았고 기호 같기도 했던 손바닥의 차갑고 꺼칠꺼칠한 감촉과는 너무도 달라 수호는 깜짝 놀랐다. 그녀의 뺨은 믿어지지 않을 만큼 부드럽고 따뜻했다. 잠든 줄 알았던 그녀가 한쪽 팔을 들어 수호의 손을 잡았다. 수호가 놀라서 뒤로 물러나려 하자 그녀가 낮은 목소리로 말했다.

"잠깐만 있어 줘."

수호는 그대로 있었다. 그녀는 수호의 손을 자신의 뺨과 입술에 차례로 갖다 댔다. 입술에 손이 닿았을 땐 그녀의 피와 뼈를 통과한 훈김이 고스란히 전해졌다. 손바닥 안으로 구름이 흘러가는 것만 같았다. 어둠 속에서 그녀의 눈동자는 맑겠다. 통풍이 안 되는 사무실의 구조 때문인지 몸을 에워싼 끈적끈적한 공기가 뜨겁고 답답했다.

"생일을 축하한다고 말해 줄래?"

"……생일이에요?"

"응. 근데 나 말고 우리 엄마."

"축하드려요."

"고맙다."

"……."

"됐어, 이제 가."

말한 뒤, 그녀는 수호의 손을 밀어 냈고 벽을 향해 돌아 누웠다. 수호는 그녀의 마른 등을 내려다보다가 가까스로 자리에서 일어났다. 머저리니까, 머저리는 시킨 것 외에 다른 짓을 하면 안 되는 거니까. 사무실 문을 열었다. 문이 금세 닫히면서 얼핏 들은 그녀의 한숨 소리가 뭉툭하게 잘려 나갔다. 수호는 다시 파라솔 의자에 앉아 남아 있는 맥주를 마시기 시작했다. 오늘밤엔 아무리 마셔도 취하지 않을 터였다. 한강 다리의 진입로 쪽에 정차해 있던 가짜 기차는 이미 떠나고 없었다.

*

은희 할머니가 죽었다.

민은 중개 사무소 쇼윈도에 붙일 매물 시세표를 만들다가 그 소식을 들었다. 할머니의 시신은 냄새를 수상쩍게 여긴 아래층 주민의 신고로 발견되었고, 부패 정도로 보아 사망한 지는 일주일 정도 되는 것으로 짐작된다고 전화를 걸어온 병원 직원이 알려 주었다. 그는 고인의 휴대전화에서 가장 최근에 통화한 사람으로 민의 이름이 기록되어 있어 혹시 하는 마음에 전화를 해 본 거라고 차분한 목소리로 말했다. 친밀한 관계일까 싶어서, 그렇다면 할머니의 죽음을 알아야 할 테니까, 그의 말은 그렇게 이어졌다. 긴 침묵이 흐른 뒤에야 민은, 그가 볼 수 없을 텐데도 연신 고개를 숙이며 고맙다고 인사했다. 고인의 휴대전화를 뒤져 죽음을 전하는 것이 병원 직원의 업무일 리 없었다. 그의 수고로 죽은 자는 산 자의 배웅을 한 번 더 받을 수 있게 된 것이다.

민이 할머니와 통화한 건 3주 전의 일이었다. 강남에서 온 고객을 태우고 보람연립 근처까지 갔던 7월 초, 가구점에 화분을 사다 놓았던 그날, 민은 4인용 식탁에 앉아 할머니에게 전화를 했었다. 특별하지 않은 통화였다. 민은 여전히 비가 새는지 물었고 조만간 찾아뵙겠다고 말했다. 진심이 없는 형식적인 인사에 지나지 않았지만 휴대전화 저편에서 할머니는 고마워서 어쩌나, 그렇게 대꾸했다. 전화를 끊기 전, 할머니는 비가 올 때 와 달라는 부탁을 또 한번 했지만 민은 확답 없이 건강하시라는 식상한 당부만 했다. 그게, 마지막 통화였다. 은희 할머니가 그 뒤로 아무하고도 연락하지 않았다는 게 절차 없이 지나가 버린 그녀의 임종만큼이나 민의 마음을 아프게 했다.

아침부터 초속 80미터가 넘는 강풍이 몰아쳤다. 태풍이 북상하면서 오후부터는 시간당 강수량이 60밀리미터를 넘는 폭우가 쏟아질 거라고 했다. 점심을 먹으러 나간 정 대표는 아직 돌아오지 않았지만 그를 마냥 기다릴 수는 없었다. 민은 급하게 현장 업무를 나가게 되었다는 쪽지를 그의 책상에 올려놓은 뒤 차 키를 들고 사무실을 나왔다.

병원에 도착하자마자 장례식장이 있는 별관을 찾아갔다. 장례식장 입구에 서서 주의 깊게 살펴봤지만 할머니의 이름은 빈소 명단에 없었다. 장례식마저 생략되는 건가, 생각이 들자 걸음이 무거웠다. 안치실은 지하로 내려가야 나온다는 표지판이 보였다. 안치실로 향하는 지하 복도는 어두웠고 공기는 싸늘했다. 복도 저편 플라스틱 의자에 나란히 앉아 있는 중년의 여자와 교복을 입은 남자아이가 보였다. 은희 할머니의 딸과 손자일 터였다. 여자는 훌쩍이고 있었고, 남자아이 역시 간간이 주먹으로 얼굴을 닦아 내리는 게 보였다. 민은 그들을 향해 한 걸음 한 걸음 조심해서 걸었지만 발을 뗄 때마다 복도에는 구두 굽 소리가 길게 울렸다. 그 소리 때문인지 어느 순간 그들이 동시에 민 쪽을 바라봤다. 민은 멈춰 섰다. 민은 그들을 몰랐다. 할머니에게서 딸과 손자가 있다는 말만 들었을 뿐, 관계가 틀어진 연유나 그들의 처지에 대해선 들은 바가 없었다. 민이 아는 건 드러난 사실뿐이었다. 그들이 할머니를 외면했다는 것, 할머니를 혼자 죽도록 내버려 두었다는 것, 그런데도 저곳에 앉아 울고 있다는 것, 그 기묘한 어긋

남이었다.

용서로부터 가장 먼 곳에 있는 어긋남…….

남자아이가 엉거주춤 의자에서 일어난 순간, 민은 그대로 돌아서서 뛰듯이 걷기 시작했다. 그들과는 애도를 나눌 수 없다는 걸 뒤늦게 깨달았기 때문이다. 아니, 그들의 슬픔을 아무렇지도 않게 지켜볼 자신이 없었기 때문이다. 어쩌면 그들의 슬픔과 자신의 슬픔이 교환되고 공유되어 결국 같은 무게로 남게 되는 상황을 견딜 수 없다는 게 가장 솔직한 심정인지 몰랐다. 병원 건물을 나오니 굵은 빗줄기가 참을성 없이 쏟아지고 있었다. 무방비로 비를 맞으며 주차장 쪽으로 걸어가는데, 은희 할머니의 죽음을 함께 애도할 수 있는 유일한 사람이 생각났다.

민은 보람연립 쪽으로 거칠게 차를 몰았다.

103호엔 아직 죽음의 소식이 전달되지 않았는지 현관문 밖으로 빠른 템포의 노랫소리가 새어 나왔다. 민은 연달아 서너 번 초인종을 누르다가, 이내 꽉 쥔 주먹으로 현관문을 두드려 댔다. 한참 뒤에야 걸쇠 장치가 풀리는 소리가 났다. 문틈으로 민을 본 동욱은 평소처럼 얼굴의 근육을 찡그리며 웃었고 지체 없이 활짝 문을 열어 주었다. 거실로 들어서자, 가요 순위 프로그램이 방영되는 텔레비전 앞에 밥상이 놓여 있는 게 보였다. 오후 4시, 점심 식사든 저녁 식사든 어울리지 않는 시간이라고 민은 생각했다.

상 위엔 밥공기와 접시 하나가 전부였는데, 흰밥은 색이 변질된 듯 보였고 접시엔 멸치볶음과 장조림, 서투르게 조각낸 김치와 김치 국물이 밴 김 몇 장이 뒤죽박죽 섞여 있었다. 그 어떤 음식에서도 훈기는 전해지지 않았다. 민은 밥상에서 시선을 떼지 않은 채 군데군데 스펀지가 튀어나온 낡은 소파에 앉았다. 리모컨이 엉덩이 밑으로 느껴졌다. 리모컨을 집어 텔레비전을 끄자 실내등을 켜지 않은 거실이 더 어두워졌다. 103호를 에워싼 빗소리와 바람 소리가 크게 들렸다.

"할머니……."

뒤틀리는 몸으로 느리게 상을 한쪽으로 치우는 동욱에게 민은 곧바로 말을 꺼냈다. 동욱이 민 쪽을 보며 큰 눈만 끔벅였다.

"301호, 그러니까 은희 할머니 말이야, 가셨어. 내 말은……."

"……."

"할머니 돌아가셨다고……."

"……."

동욱의 눈동자가 흔들리기 시작했다. 그럴 리 없다고, 며칠 전에도 함께 밥을 먹었다고, 잠시 뒤 동욱이 횡설수설하듯 중얼거렸다. 그 며칠 전은 언제일까. 은희 할머니는 대체 언제부터 생명이 아닌 물질이 되어 부패를 시작했던가. 민은 동욱에게 그날에 대해 더 물어보려다가 이내 그만두었다. 어쩌면 동욱은 순간적인 죄책감으로, 혹은 아무 일도 일어나지 않는 똑같은 하루하루를 스스로도 구분할 수 없어서 오래전의 일을 며칠 전으로 착각하고 있는 건지도 몰랐다. 그는 여전히 충격에 휩싸인 듯 벌어진 입을 다물지 못하고 있었다. 애도의 시간은 충격이 조금이나마 가라앉은 뒤에야 찾아올 터였지만 민은 기다릴 수 없었다. 최대한 빨리 동욱과 애도를 나눈 뒤 그의 체취와 음식 냄새가 혼재된 103호에서 뛰쳐나가고 싶었다. 아니, 냄새 때문만은 아니었다. 동욱과 단둘이 밀폐된 공간에 있는 것이 불편했고, 그 불편함을 참지 못하는 스스로를 의식하는 건 괴로웠다. 민은 동욱의 손목을 잡아당기며 소파에 앉히고는 낮은 목소리로 물었다.

"슬프지?"

"……."

"너도 슬픈 거 맞지? 그렇지?"

"……."

동욱은 민을 빤히 바라보기만 했다. 어느 순간, 동욱의 두 팔과 두 다리가 각기 다른 방향으로 꺾이기 시작했다. 단순히 슬픔으로만 번역할 수 없을 만큼 몸부림이 격렬했다. 민은 두 손으로 힘껏 동욱의 어깨를 잡아 주었다. 자연스럽게 동욱과의 거리가 좁혀졌고 살과 살이 닿았다. 몸이 진정되자 동욱의 시선이 천천히 아래로 이동하기 시작했다. 그 시선의 끝은 비에 젖은 티셔츠 위로 드러난 민의 속옷 자국이었다.

순간, 그와 똑같은 공간에서 똑같은 소파에 앉아 똑같은 사람을 애도하고 있다는 것이 새삼스럽게 환기되었다. 난파선에 갇힌 단 두 명의 승객을 민은 떠올렸다. 그 누구에게도 구조 요청을 타전할 수 없다는 점에서 두 사람은 다르지 않았다. 다르지 않은데도 다르다고 믿으며 그의 냄새를 지겨워하고 이곳에서 떠나기 위해 핑계를 찾으려 했던 것이다. 민은 동욱의 손을 잡아 가까이 당겼다. 동욱은 불에 덴 듯 깜짝 놀라며 뒤로 물러나려 했지만 민은 잡은 손을 놓지 않았다. 동욱이 크게 침을 한 번 삼키더니 민의 한쪽 가슴을 살짝 움켜쥐었다가 재빨리 손을 떼고는 어깨를 안으로 만 채 눈치를 보았다. 민은 그런 동욱에게 최대한 활짝 웃어 보이려 애썼고, 그제야 동욱은 안심했다는 듯 조심스럽게 다시 손을 뻗어 왔다. 아니? 민은 속삭이듯 물었다.

"나, 사람을 죽였어, 내가……."

"……."

"내가 죽인 게 맞는 것 같아, 아무래도……."

"……."

말하면서도 민은, 동욱이 자신의 말을 새겨듣지 않아서 다행이라고 생각했다. 그사이 그의 숨소리는 속수무책으로 커져 있었고 민은 간지러움 때문에 자꾸만 웃음이 났다. 민의 웃음소리는 조금씩 신경질적으로 변해 가고 있었다. 무언가 이상한 느낌이 들었는지 동욱이 잠시 멈칫하더니 가만히 민을 올려다봤다. 자기 욕망에 걸려 넘어진 얼굴이 여전히 맑아서 민은 당혹스러웠다. 민은 그제야 동욱을 밀어 냈다. 말아 올라간 티셔츠를 끌어 내린 뒤 소파에서 일어나는데 바닥에 놓여 있던 유리컵이 발에 차였다. 유리컵의 요란한 소음은 애도가 끝났음을 알리는 신호 같았다. 애도는 끝났다, 드디어 끝나 버린 것이다, 생각하며 민은 현관문 쪽으로 터벅터벅 걸어갔다.

민은 곧 103호에서 나왔고, 동욱은 민을 잡지 않았다.

공터에 주차해 놓은 차문을 열다 말고 그대로 돌아섰다. 걷고 싶었다. 산 자든 죽은 자든 그 누구의 배웅도 없이 혼자서 계속 걷고 싶다는 생각뿐이었다. 자꾸만 뒤집히는 우산을 두 손으로 꽉 부여잡은 채 가구점까지 천천히 걸었다. 행인은 거의 눈에 띄지 않았고, 커피숍과 술집의 야외 테이블도 모두 치워지고 없었다. 쉭쉭 소리를 내며 바람이 지나갈 때마다 가로수의 무성한 나뭇잎이 출렁였다. 세계의 농도가 묽어지는 게 느껴졌다. 묽어지면서 흐릿해지는 세계, 낯설지는 않았다. 눈 깜빡할 사이에 생애가 지나가는 곳, 죽는 건 또 다른 생애를 위한 준비에 불과하므로 불안할 것도 아플 것도 없는 세계, 생애와 생애는 기차 칸처럼 연결되어 있으니 손에 쥐고 있는 표를 잃어버린대도 상관없는 곳, 그런 세계를 지나가고 있는 거라고 민은 생각했다. 그러니 지금은 무서울 것도, 미안할 필요도 없었다. 방금 전 뇌성마비 청년의 애인은 죽었고 다시 중개 사무소 직원의 생애가 시작되었으므로, 전생의 죄책감과 기만적인 비애는 이번 생애에서는 무효가 되는 거니까.

가구점 뒷문의 전자 키 뚜껑이 열려 있었다.

민은 손잡이에 손을 올려놓고 잠시 가만히 서 있었다. 그일 것이다. 실패의 악수를 나눌 수 있는 사람, 노동의 흔적이 섬세하게 남은 손으로 민의 손을 맞잡으며 어쩌면 웃어 줄지도 모를 이 왕국의 주인…….

조심스럽게 문을 당기자, 가구점 안에 쌓여 있던 오래된 적요가 누군가 내쉬는 숨으로 헝클어지는 게 느껴졌다. 화장대 위의 스탠드에서 흘러나오는 불빛을 따라 민은 한 발 한 발 안으로 들어갔다. 그는 마치 민과 약속이라도 한 사람처럼 거리를 좁혀 오는 민을 가만히 선 채 건너다보고 있었다. 그의 얼굴이 확연해진 순간, 그러나 민은 그가 목수가 아니란 걸 바로 알 수 있었다.

*

수호는 낮게 신음하며 잠에서 깼다. 몇 시쯤 됐을까. 잠

속으로 흘러 들어간 시간이 계산되지 않았으므로 지금이
저녁인지 밤인지도 가늠되지 않았다. 빗방울을 흡수한 몸
이 찼다. 추워, 속삭이며 발치에 말려 있던 이불을 목까지
끌어올렸지만 차렵이불은 온기를 만들기엔 이미 너무 많
이 젖어 있었다. 입을 열 때마다 단내가 났고 벌어진 입술
사이로 내뱉어지는 단어는 하나뿐이었다. 머저리, 머저리,
머저리…….

머저리는 오늘 대체 무슨 짓을 한 거지.

아침부터 바람이 심상치 않았다. 도저히 개장할 상황이
아니었지만 윗선에서 임시 휴업에 대한 전달 사항이 내려
오지 않았으므로 옥상을 떠날 수는 없었다. 수호와 그녀
는 의상이나 분장 도구를 꺼내 보지도 않은 채 침묵 속에
서 사무실을 지켰다. 컨테이너가 강풍에 덜컥거릴 때마다
수호는 반사적으로 그녀 쪽을 흘끗거렸지만 그녀는 여러
장의 천을 모아 헝겊 인형 같은 걸 만드는 데만 집중했다.
그나마 재봉틀 소리가 간간이 침묵을 깨 주었다.

정오가 되기 직전 그녀가 가방을 들고 일어났다.

나 좀 나갔다가 올게. 점심은 알아서 해.

수호는 알겠다는 의미로 고개를 끄덕여 보였을 뿐, 그녀
에게 어디 가느냐고 묻지 않았다. 함께 맥주를 마신 그날
이후 그녀는 웃지 않기 위해 애쓰는 듯 보였고 수호와 단
둘이 있는 상황도 피하고 있었다. 고객 센터 팀장 앞에 나

란히 앉아 시말서를 썼던 시간을 상기하기 싫어서일 수도 있었고, 수호와의 관계가 복잡해지는 걸 사전에 차단하려는 것인지도 몰랐다. 서운한 건 없었다. 서운할 이유도 없었고 서운함을 표현하는 방식도 수호는 알지 못했다. 뒤에서 문이 열렸다가 닫히는 그 짧은 순간 쏴아, 하는 바람 소리가 증폭됐다가 잦아들었다. 혼자 남은 수호는 그것밖에 할 일이 없다는 듯 자신의 손을 물끄러미 내려다봤다. 그녀의 뺨과 입술을 손끝으로 복원하며 그녀에 대해 생각하고 또 생각했지만, 생각의 끝은 공허했다. 나빠질 것도, 좋아질 것도 없는 관계였다. 때가 되면 헤어지게 될 것이고 그 뒤엔 아무것도 남지 않을 터였다. 많은 시간이 흐른 뒤 쇠락한 놀이공원이나 버려진 캐리어 가방을 보면 틀림없이 그녀를 떠올리게 되겠지만 그런 순간이란 소멸하기 위해 존재하는 신기루 같은 것임을 수호도 잘 알고 있었다. 가망 없는 머저리의 삶을 구성하는 질료가 되기엔 덧없이 아름다운 그런 것…….

조금씩 잊고 잊히는 수밖에 없는 것이다.

사무실 전화기가 울린 건 그녀가 외출을 하고 한 시간 정도가 지나서였다. 전화기 저편에서 그녀는 밥값을 내야 하는데 현금도 카드도 없다고, 식당엔 사장 대신 종업원만 있어서 계좌 이체 역시 할 수 없는 상황이라고 말했다. 지갑 좀 갖다 줄 수 있어? 묻는 말이 조심스러워, 다만 그것만이 수호는 서운했다. 최대한 빨리 가겠다고 대답하자 그녀 쪽에서 먼저 전화를 끊었다.

재봉틀 위에 놓여 있던 그녀의 지갑을 들고 정신없이 쇼핑센터에서 나오자 아침보다 더 광포해진 바람이 세상의 모든 연약한 부위를 거칠게 쓸면서 지나가고 있었다. 나뭇가지가 휘어졌고 상가들의 천막 차양이 펄럭였으며 여자들의 긴 머리칼이 세차게 휘날렸다. 그녀가 일러 준 식당은 쇼핑센터에서 꽤 멀리 떨어진 곳에 있었다. 골목마다 구석구석 식당들이 즐비한데도 그녀는 몇 개의 대로를 건너 그곳까지 간 것이다. 그녀는 무작정 거센 바람 속을 걸었을 것이다. 한참을 걷다가 점심을 해결해야 한다는 걸 조금은 의무적으로 떠올렸을 것이고, 그때 마침 눈에 들어온 식당으로 들어갔던 게 아닐까. 점심시간의 번잡한 식당에서 혼자 테이블 하나를 차지한 채 밥을 먹었을 테고 계산할 때가 되어서야 가방 속에 지갑이 없는 걸 알게 되었을 것이다. 지갑을 두고 다니는 건 좀처럼 하지 않는 실수일 테니 그녀는 잠시 심각하게 인상을 썼을지도 모른다. 휴대전화를 들고 망설이다가 사무실 번호를 누르는 동안엔 다정하게 말하지 않기 위해 몇 번이나 목을 가다듬었을 것이다.

식당까지 두 블록 남겨 두고 비가 내리기 시작했다. 드문드문 떨어지는 빗방울이 아니라 처음부터 사선으로 내리붓는 폭우였다. 사무실에서 나가기 전 그녀가 캐비닛에서 우산을 꺼내던 모습을 수호는 기억했다. 하나의 우산을 나눠 쓰며 쇼핑센터로 돌아가게 될 시간이, 그녀의 불편함이 고스란히 전달될 그 침묵이 수호의 마음을 어지럽게 했다. 일단 우산을 하나 사야 했지만 손에 들린 건 그녀의 지갑뿐이었다. 건물 아래 그늘로 들어가 조심스럽게 지갑을 열어 보았다. 현금은 1000원짜리 두 장과 동전 몇 개뿐이었다. 지갑 안쪽을 더 살피다가 언뜻 고개를 드니 길 건너편 건물 1층에 자리한 현금인출기 부스가 눈에 들어왔다. 현금인출기를 사용하는 사람은 없었다. 그녀의 지갑을 내려다보다가 다시 현금인출기 쪽을 쳐다봤다. 이상한 충동이 이상한 방식으로 부풀어 올랐다. 수호는 곧 길을 건넜고 유리문을 열어 안으로 들어갔다. 태풍으로 기온이 현저하게 떨어졌는데도 에어컨이 돌아가고 있는지 유리문 안은 소름이 돋도록 추웠다. 가장 안쪽 현금인출기 앞으로 걸어가 그녀의 지갑에서 꺼낸 체크카드를 넣은 뒤 기계의 명령대로 비밀번호를 입력했다. 화면이 넘어갔다. 당황하지는 않았다. 그녀가 어머니의 생일로 비밀번호를 만들었을지 모른다는 예상이 맞았다는 게 다만 신기했을 뿐이다. 인출 금액을 누르라는 화면을 가만히 내려다보는데 언젠가 인터넷 웹 사이트를 돌아다니다가 단돈 100만 원으로 세계 여행을 다녀왔다는 글을 누군가의 블로그에서 읽

은 기억이 났다. 얼결에 숫자 100을 찍자 곧 돈 세는 소리
가 들려왔다. 차르륵, 차르륵, 곤충이 여린 날개를 맞비비
는 것 같은 그 소리에 수호는 괜히 기분이 좋아졌다. 뚜껑
이 열리고 한 움큼의 지폐가 드러난 순간, 수호는 현금인출
기 정면에 설치된 거울을 물끄러미 들여다봤다.

차분해 보였다.

자신의 본명이라든지 휴대전화 번호를 그녀가 모르고
있다는 걸 아는 얼굴이었고, 실제 거주지 주소와 추적할
수 있는 계좌 역시 가짜라는 걸 분명하게 의식하는 얼굴
이었다. 그녀의 통장에 잔액이 아직 많이 남아 있다는 걸
아는 얼굴이었으며 지금 당장 비행기 티켓비와 호텔 숙박
비를 치르려면 얼마의 돈이 더 있어야 하는지를 계산하는
얼굴이기도 했다. 돈의 입출금 내역은 기록으로 남으며 언
제라도 확인할 수 있다는 건 아주 천천히 깨달았다. 그것
을 깨달은 뒤에야 주변의 기류가 냉각되면서 아무것도 생
각할 수 없는 공백이 찾아왔다. 그녀에게 장난으로, 혹은
충동적으로 계좌에서 돈을 좀 인출해 봤다고 말한다면 그
녀는 웃고 말까. 아니, 웃지 않을 것이다. 그녀가 어떤 얼굴
로 자신을 볼지 상상하자 겁이 나기 시작했다. 멍청하게,
더 이상 멍청할 수 없을 만큼 멍청하게 수호는 드러난 돈
을 가만히 내려다봤다. 돈을 꺼내라는 기계의 삐삐거리는
소음이 귓속을 파고들고 있었다. 문득 어딘가에서 집요한

시선이 느껴져 고개를 홱홱 꺾으며 주위를 살피자 오른쪽 벽 위에 설치된 폐쇄 회로 카메라가 보였다. 수호는 카메라를 뚫어지게 올려다보다가 재빨리 고개를 숙였다. 뚜껑 안에서 돈을 꺼낼 때는 지나치게 허둥댄 탓에 1만 원짜리 몇 장을 떨어뜨렸다. 어서 돈을 도로 입금해 놓아야 한다고 스스로를 재촉했지만 행동은 마음만큼 빠르지 않았다. 마침 남자 두 명이 문을 열고 안으로 들어왔다. 쭈그리고 앉아 지폐를 줍는, 여성용 지갑과 지폐 다발을 안고 있는 수호에게서 그들은 시선을 떼지 못했다. 수호는 그들이 자신의 얼굴과 체형을 날카롭게 훑고 있는 걸 느꼈다. 마지막 지폐까지 다 주워 되는대로 주머니에 구겨 넣은 뒤 유리문을 밀치고 거리로 뛰쳐나갔다. 계속 뛰었다. 가구점까지 비를 맞으며 쉬지 않고 뛰었다.

목이 말랐다.

그녀는 오지 않는 나를 기다리다가 포기하고 쇼핑센터로 돌아가면서 무슨 생각을 했을까. 수호는 궁금했다. 아니, 궁금하지 않았지만 그녀와 관련된 장면은 머릿속에서 계속해서 이어졌다. 마치 머릿속 어딘가에 성능 좋은 영사기가 있어 강박적으로 그녀의 시간을 재생하고 있는 것만 같았다. 사무실의 문을 연 순간, 그녀는 잠시 멍한 상태가 되었을 것이다. 식당에서 사무실로 전화를 걸 때보다 더 긴 시간 망설이다가 카드 결제 내역과 은행 계좌의 잔액을 알아보았을 것이고 계좌 잔액을 확인한 순간엔 배신감에 휘청거렸을 터이다. 수호에게 어머니의 생일을 알려 준 과정이며 수호가 그 날짜를 악의적으로 기억해 두었다는 것을 상기할 때 배신감은 가장 뜨겁게 달구어질 것이다. 최 과장에게 부탁하여 받아 온 박선우의 이력서에 적힌 내용이 모두 가짜라는 걸 하나하나 알아 가는 동안에도 식지 않을 배신감……. 그리고 어느 순간, 그녀는 하나의 의혹에 사로잡힐 게 분명하다. 새로운 삶을 시작하기엔 턱없이 부족한 100만 원이란 돈으로 그는 무엇을 하려 했던 것일까. 통장에는 그보다 몇 배나 많은 돈이 있는데도 100만 원에서 멈춘 까닭은 또 무엇일까. 그가 남긴 수수께끼를 풀려면 일단 그를 만나야 한다고 그녀는 판단할 것이다. 수호는 가방을 챙겨 오지 않았으므로 그녀가 수호의 진짜 신상 정보를 알아내는 건 사실 시간문제일 뿐이었다. 그녀는 수호의 지갑 가장 안쪽에 있는 신수호라는 이름의 주민등록증을 꺼내 경찰서로 갈 수도 있고, 가방에서 찾아낸 휴대전화를 서비스 센터에 맡겨 잠금 패턴을 푼 뒤 수호의 집으로 전화를 걸 수도 있다. 수호를 범죄자로 만드는 건 그녀의 생각보다 훨씬 더 쉽고 빠르게 진행될 것이다. 수호가 타인의 개인 정보를 도용했다는 건 100만 원을 훔친 것보다 훨씬 더 무거운 형량을 받을 만한 일이었다. 언젠가 한 번쯤 바랐던 대로 경찰서 유치장에서 아버지와 대면하게 될 날도 곧 찾아올지 모른다.

수호는 짧은 신음을 내뱉으며 침대에서 일어나 앉았다.

목마름이 다시 시작되고 있었다. 턱이 덜덜 떨려 올 만큼 추운데도 속은 갈증으로 타들어 간다는 게 수호는 도무지 이해되지 않았다. 몇 걸음 떨어진 4인용 식탁에 종이컵 여자가 갖다 놓은 생수병이 보였지만 그 물을 마실 수는 없었다. 마실 물이 있지만 마시지 않으면서 머저리는 더, 더, 사실적인 고통에 빠져야 한다고 수호는 생각했다. 갈증을 견디는 것, 그것 외엔 이 끓어오르는 혐오감을 잠재울 다른 방법이 없을 것 같았다. 시선을 옆으로 돌리자 이번엔 화장대 위에 반듯하게 서 있는 초록색 코끼리가 보였다. 코끼리 형상의 저 고무 안에는 그녀의 날숨이 가득 들어 있을 터였다. 수호에게 말하고 웃고 속삭일 때 어렴풋이 전해지곤 했던 그 숨결이. 수호는 굴러떨어지듯 침대에서 내려가 화장대 쪽으로 안간힘으로 기어갔고 코끼리를 서랍에 넣은 뒤엔 세게 문을 닫았다. 고개를 들자 먼지로 뿌연 거울이 보였다. 의자에 앉아 화장대 위 스탠드를 켰다. 개새끼. 환해진 거울 속에서 남자가 입술을 비틀며 말했다. 퉤. 그 남자는 침도 뱉었다. 안에서부터 혐오감을 끌어와 있는 힘껏 내뱉는 탁한 침이었다. 등 뒤에선 문이 열렸다가 닫히는 소리가 들려왔다. 수호는 핏발 선 눈으로 천천히 뒤를 돌아봤다. 종이컵 여자일 터였다. 도망가기엔 늦었다. 수호는 바로 그 사실을 인정했고, 천천히 의자에서 일어나 다가오는 여자를 바라봤다. 한 발 한 발 조심스럽게 걸어온 여자는 수호를 발견하고도 경계심을 드러내지 않았고 동요하지도 않았다. 오히려 오랫동안 알아 온 사람이라도 되는 듯 그저 고요한 시선으로 수호를 마주 볼 뿐이었다. 여자에게서는 태풍의 작은 한 조각이 딸려 온 듯 바람 냄새가 났다.

고개를 숙였다.

8월

민은 전날 마트에서 구입한 식료품을 양손에 나눠 들고 가구점을 향해 묵묵히 걸었다. 폭염 주의보가 발령된 날이었다. 하천이 범람하고 가로수가 꺾이고 유리창들이 덜컹거렸던 태풍의 밤이 불과 이틀 전이었다는 걸 비웃듯 폭염이 찾아온 거리에선 나뭇잎 하나 흔들리지 않았다. 숨을 내쉴 때마다 열기에 바싹 달구어진 공기가 몸 안으로 밀려 들어왔고 아스팔트에서 올라오는 지열은 불쾌하도록 뜨겁기만 했다. 조금만 움직여도 등허리로 땀이 흘러내렸으며 사력을 다해 우는 여름 벌레들로 두 귀는 따가웠다. 목수의 아들……. 이마로 흘러내리는 땀을 닦으며 민은 중얼거렸다.

목수의 아들이었구나.

이틀 전 가구점에서 그를 발견했을 때, 민은 고개를 숙

이고 있던 그에게 두서없이 이야기했다. 중개 사무소 직원
이라고 자신을 소개했고 가구점이 비어 있는 상태라 편의
를 위해 비밀번호를 알아 놓았다고 변명하듯 떠들었다. 이
가구점 주인에게는 미안하지만 미리 양해를 구하지 않고
찾아오곤 했다는 말을 꺼낸 순간, 내내 침묵하던 그가 꽉
잠긴 목소리로 물었다.

우리 아버지, 알아요?

그 한마디의 말로 민은 알 수 있었다. 언젠가부터 가구
점을 공유해 온 사람은 목수가 아니라 그의 아들이었다
는 것, 그가 비닐우산과 초록색 코끼리의 소유주이며 민
의 화분을 보살펴 주었다는 것, 그리고 그는 민이 알 수 없
는 이유로 목수를 피하려 한다는 것까지, 그 모든 것을. 알
아요, 민이 대답하자 그는 그제야 고개를 들어 민을 빤히
올려다봤다. 어두웠지만 그의 얼굴에 깃든 불안감은 전해
졌다. 얼굴빛이 해쓱했고 어깨는 가늘게 떨리고 있었다. 며
칠만 여기 있을 거라고, 그가 말했다. 곧 떠날 테니 아버지
에게는 알리지 말아 달라고도 했다. 민은 그렇게 하겠다고
대답했을 뿐, 20대 초반으로밖에 보이지 않는 어린 남자가
영업을 중단한 아버지의 빈 가구점에 스스로를 가두려 하
는 이유에 대해선 묻지 않았다.

앞으로도, 묻지 않을 생각이었다.

가구점에 도착하여 뒷문을 열자 침대에 누워 있는 그

가 보였다. 민에게 보이는 건 그의 등뿐이었지만 그가 깨어 있다는 건 눈치껏 알 수 있었다. 잠든 사람 특유의 무방비한 고른 숨소리가 들려오지 않았고, 갑자기 나타난 민 때문에 숨조차 참고 있는 듯 실루엣은 예민하게 경직되어 있었다. 4인용 식탁 쪽으로 걸어가 비닐봉지에 담아 온 컵라면과 인스턴트 수프, 우유와 비스킷을 하나하나 꺼내면서 어제 퇴근길에 사다 놓은 식빵과 생수가 거의 그대로 남아 있는 걸 민은 인상을 쓰며 내려다봤다. 민은 돌연 식료품에서 손을 거두고는 침대 쪽으로 걸어갔고 그의 어깨를 흔들었다.

"일어나요."

꿈쩍도 하지 않았다. 민은 좀 더 세게 그를 흔들었고, 흔들고 흔들리는 시간이 길어지자 그가 벌떡 상체를 일으키며 소리치듯 물었다.

"나한테 왜 이래요?"

그와의 거리가 좁혀지면서 진동하는 마음의 뼈가 고스란히 느껴졌다. 적대적으로 굴고 있지만 실은 겁을 먹고 있는 것이다. 무서운 건 없었다. 민이 아는 이 가구점은 소진만이 가능한 공간이었다. 이곳에서 행위는 무의미하고 소리는 침묵에 가까우며 감각이나 욕망은 목적을 갖지 못한다. 할 수 있는 것이 거의 아무것도 없기에 해로울 것도 없는 곳, 민이 믿는 건 이 공간의 그런 속성뿐인지도 몰랐다.

무해한 만큼 쓸모도 없는 이곳에서 그가 상하게 할 수 있는 건 그 자신뿐일 터였다. 민은 대범해지기로 했다.

"아버지가……."

"……."

"걱정하고 계세요."

그가 흠칫 놀란 표정을 짓더니 이내 민의 시선을 피했다. 머리칼이 꽉 눌린 뒤통수가 납작했다.

"그래서 알릴 거예요, 나 여기 있는 거?"

"뭣 좀 먹으면……."

"……."

"그럼, 좀 더 기다려 줄게요."

"……."

민의 말에 그는 더 깊이 고개를 숙였다. 그러지 말라고, 타인 앞에서 쉽게 고개 숙이지 말라고, 언젠가 그렇게 개인적인 충고를 해도 되는 날이 올까. 그러나 지금은 그가 굶는 것으로 스스로를 방치하는 걸 막는 것, 그거라도 제대로 하고 싶다는 생각뿐이었다.

"그러니까……."

"……."

"침대에서 좀 내려와 봐요."

"……."

그는 고개를 반쯤 들었다가 이내 다시 숙였고, 고집을

피우는 게 무의미하다고 판단했는지 잠시 뒤 침대 아래로
두 다리를 내려놓았다. 민은 황급히 식탁 쪽으로 걸어가
전기 주전자에 물을 끓였고 인스턴트 수프와 컵라면의 포
장을 뜯었다. 그가 식탁 의자에 앉아 간간이 기침을 하는
동안, 민은 수프와 컵라면에 끓은 물을 부운 뒤 그의 앞에
놓았다.

수프와 라면이 익어 갔다.

그는 고요하게 아침 식사를 했다. 마찰음 없이 젓가락질
을 했고 씹고 삼키는 소리는 거의 들려오지 않았다. 식탁
과 몇 걸음 떨어진 소파에 앉은 민은, 그가 어깨에 잔뜩 힘
을 준 채 최소한의 움직임으로 음식을 먹는 모습을 곁눈
으로 흘끗거렸다. 담요, 수건, 화장지, 소형 라디오, 감기약.
그리고 그의 식사가 끝나 갈 때쯤 민은 휴대전화 메모장
을 열어 다음번에 사 올 물품을 입력했다. 감기약, 을 입력
할 때는 생강의 매운 냄새가 되살아나면서 혀끝이 알싸해
졌다. 작년 초여름, 종우의 어머니가 직접 만들어 준 생강
차를 감각은 아직 기억하고 있었던 모양이다. 야근을 해야
하는 종우 대신 고속버스 터미널에 도착한 그녀를 데리러
간 날이 있었다. 그날 터미널 대합실 벤치에 앉아 졸다가
민의 손길에 눈을 뜬 그녀는, 날이 가물어 거둔 푸성귀가
없다며 유리병에 담아 온 생강차부터 건넸다. 커피 대신
마시라고, 커피 많이 마시면 뼈 약해져서 못쓴다고 말해

놓고는 그래도 커피는 멋있는 거니까 마시긴 마셔야 한다며 다급히 고쳐 말한 뒤 이내 만족스럽게 웃어 보이기도 했다. 커피에서 시작된 이야기는 열여섯 살에 혼자 상경한 그녀가 요정을 경영하는 마담 집에서 식모로 살았던 시절로 거슬러 올라갔다. 통통하고 부드러웠던 손등이 근육으로 단단해질 때까지 청소하고 요리하고 빨래하고 나니 처녀 시절이 끝나 있더라고 했다. 간혹 집까지 찾아오는 남자 손님들도 있었는데, 그런 날이면 마담은 그 시절엔 흔치 않은 원두커피를 내렸다. 하나같이 잘 차려입은 중후한 신사들이 하얀 도자기 잔에 담긴 커피를 맛있게 마시는 모습이 그녀는 보기 좋았다. 훗날 자식들이 생긴다면 그들이 흠 없이 매끈한 잔에 커피를 마시며 어려워 보이는 책이나 신문을 읽으면 좋겠다고, 꿈꾸듯 생각에 잠기기도 했다. 그런 이야기를 하는 동안, 그녀의 볼이 연하게 붉어지는 걸 민은 말없이 바라봤다.

그 생강차는 딱 한 번 마셔 봤다. 종우와의 관계가 끝난 직후, 야근을 마치고 늦은 밤에야 귀가한 민은 냉장고에서 생수를 꺼내다가 그 생강차 유리병을 발견했다. 충동적으로 병을 꺼낸 뒤 곧바로 물을 끓였다. 저민 생강에 대추와 꿀을 넣어 만든 생강차는 엷게 쓰면서도 뜨겁게 달았다. 한 모금씩 아껴 마실 때마다 누군가 커다란 손으로 대가 없이 머리를 쓰다듬어 주는 것 같아 몇 번이나 목이 메어 왔었다. 그날 이후 그 생강차를 냉장고에서 다시는 꺼내 보지 않았지만, 그래서 겨울이 되어서야 곰팡이가 슨 것을 발견하고 유리병째 버려야 했지만, 목안이 가슬가슬해지고 뼈와 장기 사이에 낯선 기운이 스미는 환절기가 찾아올 때면 민은 남몰래 그 생강차를 그리워했다.

민은 휴대전화를 다시 가방에 넣고 소파에서 일어났다. 출근할 시간이었다. 지갑에서 만 원짜리 두 장을 꺼내 소파 테이블에 올려놓은 뒤 뒷문 쪽으로 걸어가는데 뒤통수를 따라오는 그의 시선이 느껴졌다.

중개 사무소로 가는 길에, 그리고 민은 좁은 차도 건너편을 지나가는 동욱을 보았다.

민은 멈춰 서서 전동 휠체어에 몸을 실은 채 어딘가로 가고 있는 동욱을 숨죽이며 지켜봤다. 오래 걷는 게 쉽지 않아 긴 외출을 할 때는 휠체어를 이용한다고 했던 동욱의 말을 기억하고 있으면서도, 거리에서 본 동욱은 낯설었다. 웃지 않는 얼굴은 맑지 않았고, 오히려 함부로 헤아릴 수 없는 객관적인 고단함이 느껴지기도 했다. 사람들은 무심한 듯 그의 곁을 스쳐 가면서도 한 번쯤 곁눈으로 그를 흘끗거렸고 개중엔 무안할 정도로 집요한 시선을 건네는 부류도 있었다. 오전 10시, 그는 어디에 가는 것일까. 그에게 직장이 있었던가, 아니면 교회 모임이 있는 걸까. 그러고 보니 민은 동욱에 대해 아는 게 거의 없었다. 가족 관계나 출신 지역 같은 기본적인 정보뿐 아니라, 최근의 고민이나 인생의 화두 같은 것도 몰랐다. 변경할 수도 없고 물릴 수도 없는 자신의 장애를 얼마나 잔인하게 증오했는지, 소망하던 것이 부서질 때마다 어떤 자세로 좌절했는지, 그리고 지금은 무슨 생각을 하며 사람들의 시선을 견디고 있는지, 그 무엇도 모르는 것이다. 과거에도 외로웠겠지만 지금도 외로울 거라는 것, 민이 아는 건 그게 다였다. 은희 할머니는 죽었고 민은 발길을 끊었으니 이제 103호의 방문자는 구청의 파견 직원과 교회 신도 외엔 없을 것이다.

은희 할머니의 천장을 고쳐 주지 못했듯 동욱의 외로운 일상을 채워 줄 수는 없다. 동욱의 휠체어가 시야에서 사라진 뒤에야 다시 중개 사무소 쪽으로 터덜터덜 걸어가며 민은 생각했다. 그와 함께 식탁을 차려 밥을 먹는다든지 느슨한 자세로 나란히 앉아 텔레비전을 보는 장면은 상상도 한 적이 없었다. 비가 새서 눅눅하게 젖어 갈 수밖에 없는 건 낡은 천장만이 아니다. 삶에도 누수의 흔적은 남기 마련이고, 그 흔적은 좀처럼 복원되지 않는다.

아니, 절대로 복원될 수 없는 흔적도 있다.

아직 출근하지 않은 정 대표 대신 중개 사무소 문을 열고 컴퓨터와 팩스, 복사기의 전원을 켜는데 가방 속에서 휴대전화가 울렸다. 민은 땀으로 범벅된 이마를 손바닥으로 닦아 내며 휴대전화를 꺼냈다. 휴대전화 액정에 뜨는 이름은, 종우였다.

*

　중개 사무소 직원이라고 했다. 그래서 중개 사무소에 등록된 가구점 뒷문의 전자 키 비밀번호를 알게 되었다고 여자는 덧붙여 설명했다. 중개 사무소 직원이 빈집이나 빈상가를 돌아다니며 커피를 마시고 화초를 키우고 잠을 잘수는 있을 것이다. 위험을 감수할 준비만 되어 있다면 충분히 가능한 취미라고 수호는 생각했다. 하지만 그 빈 공간에 숨어든 사람에게 호의를 베푸는 건 쉽게 납득할 만한 일이 아니었다. 수호는 어제 아침에 여자가 소파 테이블에 놓고 간 만 원짜리 두 장을 주머니에 넣으면서도 마음이 편하지 않았다.

　나흘 만이었다.

　나흘 만에 가구점 밖으로 나온 수호는 편의점에 들러 여행용 세면도구와 속옷을 산 뒤 가까운 지하철역을 찾아갔다.

　지하철역 공중화장실은 다행히 비어 있었다. 세면대 앞에 서서 수도꼭지를 틀자 깜짝 놀랄 만큼 차가운 물이 쏟아졌다. 수호는 반사적으로 손을 뒤로 뺀 뒤 어깨를 움츠렸다. 폭염으로 수시로 땀이 흘러내리는데도 수호는 추웠다. 몸 안에 찬 기운이 차곡차곡 쌓여 가는 일반적인 추위가 아니라 뼛속까지 비어 가는 듯한 스산한 추위였다.

세면도구 비닐 팩 안엔 조각 비누와 21그램짜리 치약, 일회용 칫솔과 면도기, 그리고 물티슈가 들어 있었다. 수호는 귓등과 목덜미까지 빠득빠득 문지르며 세수를 했고 비누 거품을 만들어 면도도 했다. 이를 닦을 땐 칫솔이 혀뿌리에 닿으면서 구토감이 일었다. 세면대에 얼굴을 파묻고 헛구역질을 하자 윙, 윙, 귀 안이 울렸고 정해진 수순이라는 듯 이내 오한이 밀려왔다.

수호는 곧 수도꼭지를 잠근 뒤 세면도구를 챙겨 남자 화장실 마지막 칸으로 들어갔다. 속옷을 갈아입기 위해 티셔츠와 청바지를 벗는데 밖에서 인기척이 들려왔다. 수호는 부스럭거리는 작은 소음도 내지 않기 위해 속옷 차림 그대로 꾸부정히 서 있었다. 문밖의 사람이 볼일을 보고 물을 내리고 손을 씻는 소리 사이로 그녀의 목소리가 들려온 순간, 수호는 중심을 잃고 주저앉았다. 지갑 좀 갖다 줄 수 있어? 목소리는 이내 또 다른 목소리를 불러왔다. 너 돈 좀 있니? 말해 봐, 넌 뭣 때문에 학교도 휴학하고 일하러 다니는 거야? 생일을 축하한다고 말해 줄래? 이제가…… . 환청인 줄 알면서도 목소리에 겹쳐지는 장면들이 하나하나 되살아나면서 수호는 주저앉은 채로 뒤로 물러났다. 등으로 단단한 벽이 느껴졌다. 수호는 두 팔로 어깨를 감싸며 그것만이 자신의 유일한 보호막이라는 듯 문의 잠금장치를 뚫어지게 올려다봤다.

눈앞을 둥둥 떠다니는 작고 둥근 기억의 모양은, 그러나 좀처럼 사라지지 않았다.

그 후로도 몇 명의 사람들이 연이어 화장실을 드나들었고 누군가는 거칠게 노크를 하기도 했다. 마지막 인기척이 지나가고 간격이 긴 적막이 찾아왔을 때에야 수호는 가까스로 자리에서 일어났다. 정신없이 속옷을 갈아입었고 불쾌한 냄새가 나는 끈적끈적한 티셔츠와 청바지를 몇 번 털어서 입었다.

화장실에서 나왔을 땐 기습적으로 몸 안에서 바람이 불었다. 세상의 폐허만을 돌다가 온 듯 바람의 결은 거칠고도 서늘했다. 혼자만 여름의 바깥으로 밀려 나온 것 같기도 했다. 뜨거운 눈두덩을 주먹으로 세게 비비는데, 주머니에서 동전 하나가 떨어졌다. 굴러가는 동전을 주운 뒤 주머니를 뒤져 돈을 모두 꺼내 보았다. 2만 원에서 세면도구와 속옷을 사고 남은 돈은 이제 한 끼 식사비도 되지 않았다.

수호는 동전들을 손바닥에 올려놓고 골똘히 내려다보다가 공중전화 쪽으로 걸어갔다. 수화기를 들어 동전을 넣는 동안엔 최대치의 나쁜 상황이 무엇인지 생각해 봤다. 그녀의 신고, 경찰의 출동, 어머니와 여동생의 눈물, 절망으로 더 일그러져 있을 아버지의 얼굴, 그런 것들. 신호음이 갔다. 세 번 정도 신호음이 지나가자 동생의 목소리가 들려왔다.

통화는 짧게 끝났다.

수화기를 내려놓은 뒤 얼이 빠진 듯한 상태로 주변을 두리번거리는데 몇 걸음 떨어진 곳에 지하철 노선도가 보였다. 자연스럽게 경의중앙선을 찾았다. 경의중앙선은 사실 그리 먼 곳에 있지 않았다. 두 개의 역을 지나 공항철도로 갈아타면 바로 그다음 역이 경의중앙선과 이어지는 환승역이었다.

수호는 일회용 교통 카드를 사서 개찰구를 통과했다. 두 번의 환승 뒤에 탑승한 문산행 전차에는 빈자리가 많았지만 수호는 출입문에 기댄 채 맞은편 유리창 너머를 물끄러미 바라봤다. 수색역을 지나면서 건물들은 낮아지거나 작아졌고 그 사이로 옅은 어둠이 헐겁게 스며들기 시작했다. 그런 상상을 했던 날들이 있었다. 그녀와 단둘이 최소한의 짐만 넣은 배낭 하나씩을 메고 비행기와 기차와 야간 고속버스를 번갈아 갈아타며 어딘가로 끊임없이 떠나는 상상. 목적지는 중요하지 않았다. 특별한 경험이나 희귀한 음식 같은 것도 필요 없었다. 그저 여기가 아니면 되었고, 그녀와 단둘이라면 충분했다. 상상의 여행에선 돈이 떨어져도 문제가 되지 않았다. 낯선 나라에서는 돈을 버는 방법이 이곳보다 훨씬 많을 것이고, 하루 분의 허기와 숙박을 해결할 수 있다면 수호는 뭐라도 할 자신이 있었다. 낮에는 손을 맞잡은 채 시장을 구경하거나 야외 테라스가 있는 카페에 앉아 책을 읽고, 밤에는 마주 보고 누워 스스럼없이 서로의 얼굴을 만지며 지친 몸을 위로받고 싶었다. 결코 현실이 될 수 없다는 걸 알았으므로 수호는 죄책감 없이 마음껏 상상했다.

창밖의 풍경이 한 줌씩 뒤로 물러날수록 상상의 문도 서서히 닫혀 갔다. 여행은 시작되기도 전에 끝났고, 몸 안의 바람은 소용돌이로 변해 있었다. 수호는 계획과 달리 종점까지 가 보지 못한 채 능곡역에서 내려 승강장에 마련된 벤치에 쓰러지듯 앉았다. 근처에 논이 있는지 개구리가 소란스럽게 울었고 먼 곳에 있는 송전탑의 붉은색 조명은 돈, 돈, 돈, 하는 인간들을 묵묵히 내려다보는 거인의 눈동자처럼 느리게 깜빡였다. 시계도, 휴대전화도 없으니 시간은 확인할 수 없었지만 일몰이 지난 8시 이후란 건 짐작됐다.

돌아가야 했다.

돌아가야 해, 생각했지만 절박하게 돌아갈 곳은 없었다.

목적지를 공백으로 둔 채 수호는 일단 반대편 방향의 전차를 타기 위해 계단을 올랐다. 새 전차는 금세 왔고 이번에도 수호는 출입문에 기대어 맞은편 창문을 건너다봤다. 이대로 끝까지 간다면 그녀의 집도 지나가게 되어 있다는 건 조금 늦게 깨달았다. 머릿속이 오랫동안 방치된 창고처럼 축축하고 어두워졌다. 아무리 신경을 곤두세우려 해도 무언가를 명확하게 생각하거나 판단할 수 없었다. 가좌역이라는 방송이 들려올 때, 수호는 잠에서 깨듯 번쩍 눈을 뜨고는 전차에서 내렸다.

역에서 나와서는 무심히 걷기만 했지만 굳이 가좌역에서 내린 속내나 그 골목을 찾아가는 발걸음을 끝까지 모른 척할 수는 없었다. 병약한 나무와 평상이 있는 곳, 모든 소음이 작고 둥근 테두리 안에 고여 있던 곳, 철컹거리는 소리로 그녀의 과거와 현재를 하나의 끈으로 이어 주던 곳. 계산은 마음보다 빨랐다. 그녀가 오늘도 야근을 했다면 지금쯤 퇴근했을 것이고, 자신이 골목 어딘가에 완벽하게 숨을 수만 있다면 쇼핑센터에서 돌아오는 그녀를 멀리서나마 보게 될 것이다.

걸음에 속도가 붙었다. 20분 정도를 쉬지 않고 걸으니 치킨 가게와 낡은 교회가 보였다. 몸 안을 휘젓고 다니던 바람은 긴장감 때문인지 어느새 잠잠해져 있었다. 대문이 잠겨 있지 않은 집 하나를 찾아 조심스럽게 그 안으로 들어갔다. 마당이 있는 단층집이었다. 거실 창문엔 희미한 조명이 번져 있었지만 텔레비전 소리는 들리지 않았고 밥 냄새도 나지 않았다. 세상과 일찍 차단되고 문단속에 부주

의한 집에는 누런 털의 큰 개도 한 마리 살고 있었다. 대문
밖이 보일 정도의 거리를 둔 채 몸을 그늘 속에 숨기는 수
호에게 개는 겁도 없이 꼬리를 흔들며 다가왔다. 수호는 쭈
그리고 앉아 개의 뒷덜미를 만졌고 개는 쿵쿵거리며 냄새
를 맡더니 이내 긴 혓바닥으로 수호의 손가락을 핥았다.
이 골목을 하루에 두 번 이상 지나가던 그녀가 습관처럼
이 개를 쓰다듬었을지도 모른다는 생각이 들자 개의 체온
이 더 따뜻하게 느껴졌다.

골목은 사람의 발길이 뜸했다.

마치 꿈속처럼 그녀의 목소리가 귀에 닿은 건 얼마나
시간이 흐른 뒤였을까. 개를 만난 직후 같기도 했지만, 이
곳에서 안온하게 개와 어울리며 몇 시간을 보낸 뒤 같기
도 했다. 글쎄, 저는 그런 거 신청하지 않았다니까요. 그녀
는 말했고 수호는 개에게서 손을 떼고 일어나 대문을 좀
더 밀었다. 누군가와 통화를 하는지 그녀는 휴대전화를 들
고 있었고, 여름 내내 보아 왔던 끈이 해진 샌들을 신고 있
었다. 그녀의 걸음이 빨랐으므로 목소리는 금세 옅어졌다.
옅어지고 멀어졌지만 수호는 들었다. 들을 수밖에 없었다.
골목을 채우는 건 그녀의 목소리뿐이었다.

"대체 몇 번이나 말해요? 나는 더블 포인트인지 뭔지 그
딴 거 알지도 못해요. 알지도 못하는데 어떻게 가입 신청
을 하겠느냐고요. 여하튼 그 가입빈지 뭔지 이번 달 사용

내역에서 당장 삭제해 줘요. 인터넷으로 하긴 뭘 해? 내가 뭘 잘못했느냐고, 뭘얼!"

골목 끝에 멈춰 선 그녀가 그렇게 소리를 내지르는 걸 수호는 가만히 듣고 있어야 했다. 돌이켜 보니 그녀가 날선 목소리로 화를 내는 모습은 처음 목격하는 거였다. 그 늘 어난 티셔츠를 입고 있던 애 엄마에게서 어이없이 뺨을 맞 을 때도 그녀는 침착했었다. 통화를 끝내려는지 오른손 검 지로 여러 번 휴대전화 액정을 누르던 그녀가 돌연 긴 숨 을 내뱉었다.

지쳐 보였다.

수호는 나른하게 슬퍼졌다. 그녀는 다시 걷기 시작했고 가림막 앞 낡은 연립주택 안으로 뚜벅뚜벅 걸어 들어갔다. 수호는 그제야 단층집을 나와 연립주택 앞까지 빠른 속도 로 걸어갔다. 오래 기다렸지만 연립주택에 새롭게 불이 켜 지는 창문은 없었다. 조명도 켜지 않은 어두운 거실에 앉 아 그녀는 계속해서 중얼거리고 있을 것만 같았다.

뭘 잘못했느냐고, 뭘······.

철컹철컹, 철컹철컹, 가림막 너머에서 전차가 지나가고 있었다. 이 골목에서 전차 소리는 공평하니 지금 수호와 그 녀는 똑같이 저 철컹거림을 듣고 있는 것이다. 이토록 가까 운 곳에서 같은 소리를 공유하고 있지만, 끝없이 이어지는 철로 끝에 그녀가 서 있기라도 한 듯 까마득한 거리감에 수호는 휘청거렸다. 전차 소리는 곧 잦아들었다. 환해지는 창문은 여전히 없었다.

어둠 속에 그녀를 남겨 둔 채, 수호는 발길을 돌렸다.

버스를 두 번 갈아타고 가구점으로 돌아왔을 땐 몸 안의 바람은 돌처럼 응결되어 있었다. 바람의 단단한 모서리로 온몸이 쓰리고 아팠다. 수호는 허물어지듯 침대 위로 몸을 눕혔다. 천장을 올려다보며 두 눈만 깜박이는데 하루 종일 길 위에서 수호를 따라다녔던 동생의 목소리가 다시 귓가를 맴돌기 시작했다. 동생은 수호가 며칠 동안 연락도 없이 외박을 한 것에 화를 내긴 했지만 지갑, 신고, 경찰서 같은 단어는 언급하지 않았다.

자명해졌다.

그녀가 사라진 100만 원에 대해 침묵을 선택한 것, 그것은 수호 앞에 던져진 자명한 사실이었다.

이제 수호가 할 일은 그녀의 침묵을 해석하는 것이었다. 어쩌면 그녀는 이 사건을 누군가에게 알리는 것조차 가치 없다고 여겼는지도 모른다. 질리는 사람일 테니까, 돈을 되받기 위해 질리는 사람과 다시 만나야 한다면 그 돈을 포기할 수도 있을 테니까, 사과나 용서 같은 아름다운 절차를 질리는 사람과 공유한다는 건 얼마나 끔찍할 것인가. 이제 그녀는 좀처럼 타인을 믿지 못하는 사람이 되어 갈 것이다. 타인을 믿지 않음으로써 세상과 한 뼘씩 멀어질 것이다. 통신 회사나 카드 회사 직원과 언쟁을 벌이며 울먹이는 날들이 쌓여 갈 것이다.

외로울 것이다.

그리고 그 외로움마저 습관이 되어 피로나 추위와 구분되지 않는 날도 올 것이다.

수호는 왼편으로 돌아누웠다. 가구들을 에워싼 어둠이 짙어지면서 희미하게 전차 소리가 들려왔고, 욕망이 없는 순한 개가 낮게 짖기도 했다. 두 팔로 무릎을 감싼 채 동그랗게 앉아 있는 그녀가 저만치 떨어진 곳에 보이는 듯했다. 수호는 침대에서 일어나 그녀 쪽으로 한 발 한 발 걸어갔다. 꿈속이란 걸 알았으므로 그녀가 만져지지 않아도 실망할 필요는 없었다. 내가 뭘 잘못했어? 조심스럽게 그녀 주변을 서성이는데 그녀가 고개를 들어 수호를 올려다보며 그렇게 물었다. 그녀의 얼굴을 가까이서 마주 본 순간, 수호는 소스라치게 놀라고 말았다. 긴 세월을 순식간에 통과한 듯 그녀는 늙어 있었다. 눈동자도 늙는 것일까. 세월에 마모된 탁한 눈동자가 수호는 슬펐다. 수호의 시선은 그녀가 입고 있는 잿빛의 낡은 코트와 손등에 힘줄이 돋도록 꽉 쥐고 있는 한 장의 기차표에 차례로 닿았다. 수호는 그녀가 도달한 미래의 노파가 누구인지 알 것 같았다. 나 같았어. 전부, 다. 그 말을 할 때 그녀가 짓던 표정, 목소리의 진동, 여름밤의 냄새 같은 게 모두 되살아났다. 너한테 내가 뭘 잘못했느냐고, 어? 다시 묻는 그녀의 목소리는 떨렸고 수호는 저도 모르게 뒷걸음질 쳤다. 그녀가 돌연 자리를 박차고 일어나더니 수호를 향해 저벅저벅 걸어오기 시작했다. 내 돈 내놔! 악을 쓰듯 소리 지르며 그녀가 손을 뻗은 순간, 수호는 그녀의 손가락들이 쇠로 된 갈퀴로 변해 있는 걸 보았다. 다섯 갈래로 나뉜, 그저 쇳덩어리일 뿐인 손의 형상. 내 돈 내놓으라고, 내 돈! 그녀의 갈퀴가 수호의 몸을 뒤지기 시작했다. 이상하게 아픈 건 없었다. 수호를 아프게 하는 건 오로지 그녀의 가늘고 뾰족한 갈퀴뿐이었다. 수호는 주저앉은 채 병든 짐승처럼 울부짖기 시작했다. 팔을 거두어 간 뒤 수호를 내려다보는 그녀의 얼굴은 무섭도록 서늘했고, 수호는 좀처럼 울음을 그칠 수가 없었다.

*

그의 이마는 뜨겁고도 부드러웠다. 이제 막 부화된 새끼 새를 손 밑에 두고 있는 느낌이 이럴까. 힘주어 쥐었다가 손바닥을 펴 보면 먼지만 남아 있을 것 같은 여린 감촉에 손끝까지 조심스러웠다. 집에서 가져온 담요를 꺼내 덮어 주는데 땀에 젖은 그의 머릿결에서 설명하기 힘든 냄새가 났다. 녹슨 쇠에서 나는 금속 냄새 같기도 했고 깊은 동굴에서나 맡을 수 있는 삭은 흙냄새 같기도 했다. 며칠째 벗지 않았을 옷에서도 비슷한 냄새가 난다는 걸 알 수 있었다. 샴푸와 샤워용품, 갈아입을 옷들, 그리고 양말, 그에게 지금 당장 필요한 것들을 민은 오늘 준비하지 못했다. 씻고 입을 것들은 가져오지 못했지만 대신 열이 내리도록 뭐라도 해야 한다는 생각에 민은 분주해졌다.

민은 일단 식탁 쪽으로 걸어가 전기 주전자에 물을 끓였고 수건 한 장을 찬물에 적셨다. 감기약 두 알을 장식용 나뭇조각으로 으깬 뒤엔 어제 늦은 새벽까지 잠을 설치며 만든 생강차에 섞어 끓은 물을 부었다. 제대로 하고 있는 걸까, 내가…….

지금 올바른 방법으로 그를 보살피고 있는 것일까.

의심스러웠지만 도움을 청할 사람은 없었고, 약국은 문을 닫은 시간이었다. 젖은 수건이나 생강차가 몸살을 치료하기에 허술한 건 분명했지만, 민은 실수 없이 잘하고 싶었다. 나한테 왜 이래요? 어제 아침에 그는 물었고 그때 민은 제대로 대답하지 못했다. 그가 또다시 그 질문을 해 온다면 민은 이곳이 가구점이기 때문이라고 대답할 생각이었다. 가구점이기 때문에, 네가 숨어든 곳이 하필 이곳이기 때문에 너를 향한 호의는 내게 필연적이라고. 필연적이야, 민은 스스로를 설득하듯 다시 한번 속으로 중얼거렸다.

종종 생각했다.

이 가구점은 차가 거의 다니지 않는 고속도로를 타고 가다가 우연히 발견하게 되는 불 밝힌 상점 같은 곳이라고. 그러니까 필요하고 열망하는 것이 모두 진열되어 있지만 손을 뻗으면 아무것도 잡히지 않는 공허하고도 매혹적인 상점…… 목수의 흔적 때문일 터였다. 가구점 구석구석에 배어 있는 목수의 손길, 땀 냄새, 성실한 노동, 부푼 기대감, 그런 것들은 보이지도 않고 잡히지도 않았지만 민의 비어 있는 시간을 늘 아낌없이 채워 주곤 했다. 그는 목수의 아들이고, 목수는 곧 이 가구점이었다. 그가 나으면 가구점도 쇠락하거나 허물어지지 않고 이곳에 그대로 남아 있을 것 같다는 상상이 민은 좋았다.

침대에 걸터앉아 젖은 수건으로 그의 얼굴을 조심스럽게 닦으며 소년 같구나, 민은 중얼거렸다. 실제로 그는 소년에 가까웠다. 키는 작은 편이고 체격도 왜소하다. 권태의 증거인 군살도 없어 보였고 인상은 전체적으로 담백했다. 종종 밤 기차를 타고 혼자 사는 조모나 조부를 예고도 없이 찾아갈 것 같은 사람, 티 나지 않는 작은 배려에도 위로받을 준비가 되어 있는 사람, 예정된 기차를 타지 못한다 해도 크게 낙담하지 않고 그 순간의 느려진 주변 풍경을 향유하면 좋겠다고 소망했던 어떤 이미지 속의 사람…….

"우리 아파트가 팔렸어."

그리고 민은, 마치 잘못이라도 해명하듯 잠든 그에게 말했다.

　이틀 전, 전화로 종우에게서 그 소식을 들었을 때 민은 잠시 할 말을 잃었다. 언젠가는 반드시 일어날 일이 일어난 것뿐이었는데도 몸의 한 기관이 팔려 나간 것처럼 상실감이 밀려왔다. 종우와 민의 공동 명의 아파트였으므로 매매를 담당한 중개 사무소에서 두 사람이 함께 서류에 날인하기를 요구한다고, 중개 수수료는 일단 자신이 준비해 놓겠다고 그는 덧붙여 말했다. 민의 세계에서 자주 통용되는 매매니 중개 수수료 같은 단어를 종우에게서 들으니 기묘한 기분이 들었다. 그러고 보니 종우에게 자신의 새 직업을 민은 밝히지 않았다. 밝혀야 할 이유도, 그럴 기회도 없었다.

　나쁜 꿈을 꾸는지 그에게서 옅은 신음 소리가 흘러나왔다. 사람이 살지 않는 버려진 도시나 한철 장사를 끝내고 문을 닫은 텅 빈 해수욕장을 헤매는 걸까. 혹시 광장이나 법정 같은 곳에 끌려가 뭇사람들의 야유와 비난을 받고 있는 건 아닐까. 민은 그를 깨우려다가 그만두었다. 차라리 꿈속의 슬픔이 현실을 넘보지 못하도록 그 안에서 완전히 소진되는 게 나을지도 몰랐다. 수건을 다시 물에 적시기 위해 일어서는데 그가 한순간 몸서리치며 눈을 떴다. 아직 꿈에서 완전히 헤어 나오지는 못한 듯 스탠드 조명을 받은 젖은 눈동자가 흐렸다.

무슨 꿈을 꾸었니?

민은 속으로 물었다. 묻고, 다시 물었다.

현실이 좀 덜 끔찍한 거, 맞니?

더웠다. 밤의 열기는 새벽까지 이어지려는 듯 좀처럼 식지 않았다.

"몸을 좀 일으킬 수 있겠어요?"

민의 말에, 그는 두 팔을 받쳐 느리게 상체를 일으켰다. 민은 그의 손에 수건을 쥐어 준 뒤 식탁에 두었던 종이컵을 가져와 그에게 건넸다.

"생강차예요. 마셔 볼래요?"

다행히 그는 종이컵을 받았고 한 모금 마신 뒤 기침을 했다. 두 모금 더 마셨을 땐 얼굴이 편안해졌다. 적어도 민은, 그렇게 느꼈다.

종우의 어머니가 생강차를 보며 나를 떠올릴 날이 올까. 문득 궁금해졌다. 그러나 그녀에게 남게 될 아주 적은 분량의 기억 속에 민의 자리가 있을 리 없다는 건 민도 잘 알고 있었다. 기억이 물 위에 떠 있는 영토 같은 거라면, 그녀의 머릿속에서 민이 차지한 영토는 가장 먼저 물속으로 가라앉는 게 순리일 터였다.

일산의 중개 사무소에 도착했을 때, 종우뿐 아니라 아파트를 매입하기로 한 노부부가 이미 와 있었다. 자녀들이 모두 결혼하여 출가한 뒤 아담한 사이즈의 집을 구하던 중 종우와 민이 내놓은 아파트를 발견하게 됐다고 했다. 아파트를 둘러본 날 노부부는 바로 계약금을 걸 만큼 흡족해했고 중도금 절차 없이 서류 정리를 서둘렀다.

어디 상한 데도 없고 인테리어도 깨끗하고, 너무 맘에 들어요. 내년에 전세 계약 끝나면 바로 우리 부부가 들어가 살려고요.

묻지도 않은 것을 일러 주며 노부인은 환하게 웃어 보였다. 정성스럽게 화장한 얼굴이 화사했고 말투는 상냥했다. 종우의 어머니나 은희 할머니와 비슷한 나이로 보였지만 삶의 테두리가 무너지는 사람 같은 인상은 없었다. 특별한 사고만 없다면 노부인은 분명 가족과 친척, 이웃과 친구들에 둘러싸인 채 인간적인 임종을 맞게 될 터였다.

테이블에는 여러 장의 서류가 있었다. 아파트 매매 절차라면 1년 사이 훤히 알게 됐지만, 민은 알은체하지 않았다. 그저 서류를 받으면 읽었고 도장을 찍으라면 찍었다. 간간이 고개를 들어 흐뭇하게 서류를 넘겨 보는 노부부를 민은 물끄러미 건너다봤다. 그저 뭉글뭉글한 감정의 덩어리였던 상실감이 형태가 분명한 사물처럼 딱딱하게 만져지는 듯했다.

일은 단 10분 만에 마무리됐다. 민은 자기 몫의 날인이 끝나자마자 자리에서 일어나 인사도 없이 중개 사무소를 나왔다. 노부부가 의아하게 올려다보는 게 느껴졌지만 신경 쓸 여력이 없었다. 중개 사무소 밖에서 민은, 마치 오랜만에 만난 부모인 양 노부부와 웃으며 이야기를 나누는 종우를 물끄러미 바라봤다. 그의 얼굴이⋯⋯. 민은 혼란스러웠다.

그의 얼굴이, 예전에도 저랬던가.

기억나지 않았다. 일산의 중개 사무소에 앉아 있는 그는 이전까지 민이 한 번도 만난 적이 없는 완벽한 타인 같았다.

민의 시선을 의식했는지 종우가 민 쪽을 바라봤다. 민은 재빨리 고개를 외로 틀었고, 자리를 정리하고 중개 사무소를 나온 종우가 어깨를 가볍게 쳤을 땐 필요 이상 깜짝 놀라며 뒤를 돌아봤다. 가방 속에 봉투가 들어 있다는 건 아주 천천히 깨달았다. 중개 수수료의 절반을 담은 봉투였다. 민은 허둥대며 가방을 뒤적여 봉투를 꺼냈다. 중개 수수료야, 말하자 종우는 인상을 찌푸리면서도 손을 뻗어 봉투를 받았다. 이제⋯⋯. 종우는 손에 들어온 봉투에 시선을 고정한 채 말했다.

이제, 끝났네.

그러게, 대답하며 민은 천천히 고개를 끄덕였다. 틀린 말은 아니었다. 날인과 함께 처리 완료된 공증 서류로 그들을 이어 주던 끈은 완전히 끊어졌다. 돈이 들어왔으니 각자 부담한 주택 대출금도 곧 제로가 될 것이다. 제로가 되는 건 또 있었다. 일산을 떠나 서울 자취집으로 돌아가면

한 시절의 생애가 완전히 끝나면서 작은 죽음을 경험해야 한다는 것, 그 죽음은 철저하게 혼자서만 감당하고 처리해야 한다는 것도, 민은 짐작할 수 있었다.

이제 그만 각자의 길로 가야 한다는 걸 알면서도 민은 선뜻 마지막 인사를 할 수 없었다. 종우도 같은 생각을 했을 것이다. 침묵이 길게 이어졌다. 종우와 완전히 헤어지기 전에 민은 종우에게서 직접 듣고 싶은 것이 많았다. 지난 1년 동안의 생활에 대해, 무엇을 위해 살고 있고 무엇을 버리며 버텨 왔는지, 여전히 지난여름에 갇혀 있는지 아니면 그 여름을 까맣게 잊어버린 건지, 모두 듣고 싶었다. 어쩌면 자연스럽게 C사와 관련된 소송이나 재판을 화제로 이야기를 나눌 수도 있을 터였다. 민도 모르지 않았다. C사가 노조에 청구한 손해배상의 액수라든지 구속된 사람들의 수와 명단, 수많은 재판의 날짜와 판결 예정일, 밤마다 인터넷을 뒤져 기사를 찾아 읽곤 했으므로 알려진 범위에서는 잘 알고 있었다. 언젠가 그의 분향소에 갔다가 기념사진을 찍는 중국인 관광객들을 보고 깜짝 놀랐다고, 아무도 그들을 제지하지 않았다고, 사정을 모르는 그들을 관광지라도 된다는 듯 분향소로 데려온 관계자에게 화가 났다고, 그런 이야기, 그런 식의 개인적인 이야기도 민은 하고 싶었다. 조금은 과장된 분노를 섞어 그날의 일을 이야기하면 종우도 희미하게나마 유대감을 느끼며 마치 아무 일도 없었다는 듯 그저 오래된 친구처럼 민의 진짜 생활을 궁금해할지도 몰랐다.

참, 어머님 잘 계시지?

그만 갈까, 조용히 말하는 종우에게, 그러나 민은 머릿속에 쌓아 둔 말들과 전혀 다른 종류의 질문을 했다. 질문을 다시 거두어들일 수는 없었다. 종우의 표정은 이미 굳어져 있었고 그 표정만으로 민은, 몰라선 안 되는 이야기가 더 남았다는 걸 알 수 있었다.

괜찮지 않구나.

실은…….

…….

실은, 기억을 잘 못 하셔. 병원에서도 좀 놀라, 보통의 치매 환자들보다 속도가 빠르다고. 아직은 초기니까 그렇게 티는 안 나는데 앞으로가 문제지, 뭐.

…….

더 이상 아무것도 묻지 않기 위해 민은 종우의 시선을 피했다. 알 수 없는 다른 차원의 세계에서 종우의 어머니가 고독하게, 노동하듯, 한평생 쌓아 온 견고한 기억의 구조물을 꽉 쥔 주먹으로 부수고 또 부수는 장면이 눈에 보이는 듯했다. 고속버스 터미널, 병원 대기실, 회사 앞 중국식당과 종우가 혼자 살던 집의 거실, 그녀와 민이 함께 시간을 보냈던 그 공간들도 시간이 흐를수록 하나씩 부서질

것이고 결국 그녀는 민과 종우의 관계까지 완벽하게 잊게
되리라.

모든 것은 한 남자의 발걸음에서 시작됐는지도 모른다.
20년 넘게 한 공장에서 일해 온 남자는 해고 통보를 받자
갈 곳이 없었다. 노동이 곧 인생인 사람, 노동으로 채워진
하루가 추억도 상처도 되지 못한 채 그저 연소된 잿더미
처럼 남는 삶, 그리고 그 잿더미가 모이고 쌓여 다시 한 인
간의 모든 것을 조형하는 시간의 허무한 집적. 존재하지만
존재하지도 않는 사람, 그가 죽기 전까지 그의 허무는 실
체가 아니었다. 민은 종종 그 남자를 보았다. 남자는 느리
게 움직이는 발로만 나타났지만, 민은 반복해서 꿈에 나
오는 그 발의 주인이 동일한 사람이란 걸 알 수 있었다. 그
건, 남자의 얼굴이 꿈속에선 영원히 미완으로 남을 거라
는 확신만큼 분명했다. 남자가 있는 곳은 언제나 사람들이
모두 빠져나간 공장의 비상계단이었다. 남자가 한 걸음씩
힘주어 계단을 오르면 방금 지나온 계단은 가뭇없이 사
라졌다. 기술적으로 지운 듯한 그 깨끗한 삭제로 인해 남
자는 계속해서 발을 내딛는데도 계단은 하나로만 남는 기
이한 장면이 연출됐다. 마지막이자 유일한 계단 끝에는 문
이 하나 있었다. 남자가 그 문을 열면 백색의 눈부신 빛 무
더기가 쏟아졌고, 그때마다 민은 짧은 신음을 내뱉으며 잠
에서 깨는 것이다. 대개 이른 새벽이었다. 손끝으로는 현실

로까지 넘어온 꿈속의 슬픔이 끈끈하게 만져지곤 했다. 그 슬픔은 연기처럼, 혹은 유동하는 점액질처럼 창문을 넘고 거리를 가로질러 종우에게 가닿았을 것이다. 때로는 어느 새벽 거리에서 종우의 꿈이 흘려보낸 똑같은 질감의 슬픔과 섞이며 파문을 일으키지는 않았을까. 종우에게 물은 적은 없지만 민은 알 수 있었다. 종우도 그런 꿈을 꾼다는 걸, 아니 그가 먼저 꾸기 시작한 꿈이 자신에게 전염된 것임을, 그 꿈이 지속되는 한 예전으로 돌아가는 건 불가능하다는 것도, 모두 알고 있었다.

남자는 죽었고, 한 인간의 죽음을 우리는 다리인 양 건너갈 수가 없으므로⋯⋯.

일산의 중개 사무소 앞에서 민은 종우와 5분 정도 더서 있었다. 짧은 대화가 오갔고 무슨 말인가를 하다가 서로를 마주 보며 소리 죽여 웃기도 했지만 그 말이 뭐였는지, 왜 웃었는지는 기억나지 않았다. 그저 정신을 차렸을 때는 이미 종우가 눈앞에서 사라지고 없었다는 것, 기억나는 건 오직 그뿐이었다.

몰래 훔쳐본 타인의 빛나는 한순간처럼 그 5분은 끝났다.

서울로 가는 좌석 버스에서 민은 혼자였다. 자유로에 진입한 버스가 속도를 내면서 그날들이 떠올랐다. 의견서니 각서에 관한 소문이 돌고 종우의 서류들과 컴퓨터가 회수될 때, 민은 종우가 그어 놓은 선 밖에 있었다. 선 밖에서 다른 사람들과 구분되지 않는 얼굴로 그의 침몰을 구경했다. 그를 외면했으며 동시에 그에게서 버려졌다. 부끄러웠다. 돌이켜 보니, 분명 그런 순간이 있었다. 종우가, 그의 무모한 선택이, 무리에서 배제된 초라한 모습이 부끄러워지던 순간…… 아니, 부끄러운 건 그가 아니라 민 자신이었는지도 모른다. 그를 이해하지 못하는 스스로를 보호할 수가 없어서, 도저히 사랑할 수 없었으므로 부끄러움 뒤에 숨어 있었던 것이리라. 부끄러움의 뒤편은 외로웠으나, 대신 안전했다.

생강차를 다 마신 그는 비운 종이컵을 침대 옆 콘솔 위에 두었고 민은 그 컵을 들어 식탁 쪽으로 걸어갔다. 등 뒤에서 그가 탁한 목소리로 또 그 질문을 해 왔다. 대답을 준비해 놓고 기다려 왔는데도 민은 말없이 발끝만 내려다봤다. 다시 생각해 보니 이곳이 가구점이기 때문이라는 대답은 진심이 아니었다. 어쩌면 진심이란 단순한 것인지도 몰랐다. 살아 있는 것 같아. 민은 속으로 말했다. 사는 게 진짜 같고 아무것도 부끄럽지 않아, 너를 돌보고 있는 지금 이 시간에. 휴대전화 액정을 들여다보니 자정이 다가오고 있었다. 민은 새벽이 길어질 것 같은 예감에 사로잡혔다. 비가 오려는지 더운 공기에 끈적끈적한 습기가 배어 있었다. 아니, 밀봉되지 못한 어린 남자의 꿈에서 빠져나온 물컹한 슬픔 덩어리인지도 몰랐다.

*

　수호는 눈을 떴다. 천장의 샹들리에가 가장 먼저 보였고 그다음엔 얼굴 옆에 떨어져 있는 수건이 눈에 들어왔다. 수건은 바짝 말라 있었다. 잠들어 있는 동안 흘러간 시간이 계산되지 않았다. 밤이 아니라 아침이나 낮인 건 확실했지만 그렇다고 하기엔 가구점 안이 지나치게 어두웠다. 천천히 침대에서 내려가 걸어 보니 몸이 생각보다 가벼워진 게 느껴졌다. 몸 안에서 나부끼던 바람도, 머릿속의 어둠과 습기도 모두 걷힌 것만 같았다. 그러고 보니 목도 홧홧하지 않았고 기침도 나지 않았다. 쓰고도 달았던 생강차가 떠올랐다. 몇 번에 걸쳐 젖은 수건을 이마에 얹어 주던 종이컵 여자의 얼굴이 그 생강차에 겹쳐졌다.

　몇 걸음 떨어진 식탁 위엔 스티로폼 상자가 놓여 있었다. 가까이 다가가서 보니 도시락이었다. 수호는 식탁 의자에 앉아 도시락 뚜껑에 붙어 있는 노란색 포스트잇을 읽었다. 포스트잇엔 아침을 꼭 먹은 뒤 남은 감기약을 복용하라는 메시지가 적혀 있었다. 우산을 잘 썼다는 메모를 받았을 때처럼 당황스럽진 않았다. 어쨌든 이제 여자는 종이컵에 묻은 립스틱 자국으로만 유추해야 하는 신원 미상이 아니었다. 그렇다고 함부로 타인의 삶의 끼어드는 한가한 사람으로 정리되지도 않았다. 수호의 현재 상황을 가장 잘 아는 사람이었고, 버려진 가구점에 쓸모없는 시간을 위탁한 경험을 공유했다는 점에서 수호와 닮은 사람이기도 했다. 어제 새벽, 수호가 잠들 때까지 이어졌던 여자와의 대화가 어렴풋이 기억이 났다.

이 가구점을 좋아했다고, 여자는 불쑥 그렇게 말했다. 말하며 쑥스러운 듯 웃었고, 그 탓에 말의 끝이 리듬을 타고 흩어졌다. 실은 가구점 주인을 모른다고, 본 적은 없지만 그에게 고마운 게 많다고, 화분을 갖다 놓은 것도 고마워서였다고, 여자는 이어서 말했다. 견딜 수 있었다고도 했다. 견딘다는 것, 그런 거라면 수호도 모르지 않았다. 내가 견딘 게 언제라도 깨질 수 있는 유리병 같은 거라면, 여자가 견딘 건 어떤 형상인 걸까. 궁금했지만 수호는 묻지 않았다.

그러니까, 나는 그냥 도리를 하고 있는 거예요.

도리, 라는 단어를 언급할 때 여자는 또 한 번 짧게 웃었다. 여자가 도리를 하고 있다면 그 대상은 자신이 아니라 이 가구점일 터였다. 따지고 보면 여자의 도리가 아주 허황된 건 아니었다. 폐업 상태이긴 했지만 가구점은 아직 수호의 아버지 것이었고, 그 소유권은 가구점 실패 후 가족 구성원이 공평하게 짊어져야 했던 노동과 박탈감을 담보로 하고 있었다. 여자가 마음대로 빈 가구점을 드나들수 있었던 건 어머니와 여동생, 그리고 수호가 식당과 제과점과 쇼핑센터에서 감내한 시간이 있었기에 가능했던 것이다. 가구가 팔렸다면, 가구점이 나가서 보증금이라도 회수되었다면, 적어도 여동생만큼은 일을 하지 않아도 되었을 것이다. 물론, 그 모든 게 여자의 잘못은 아니다. 그 누구의 잘못도 아니다. 생각이 그렇게 나아가는 동안 수호는 마음이 편해졌다. 그런데…….

그런데, 여자는 뭐가 좋았다는 걸까.

여자가 이곳에서 한 거라곤 기껏해야 인스턴트커피를 타 마시거나 간혹 침대에 누워 눈물을 쏟는 것, 그런 것뿐이었을 터이다. 실패의 흔적과 죽은 나무 냄새가 여자가 받은 위로의 전부였다고 생각하니 맥이 풀리는 기분이었다.

점심시간에 들를게요.

포스트잇에 적힌 마지막 문장을 상기하며 수호는 이내 의자에서 일어났다. 시간을 확인하고 싶었지만 아버지의 가구점에는 오래전부터 멈춰 버린 물고기 모양의 벽시계뿐이었다. 수호의 시선이 화장대 위에 놓여 있는 라디오에 닿았다. 다가가서 들춰 보니 건전지가 들어 있었다. 전원 버튼을 누르자 라디오 액정에 불이 들어오면서 정오에 근접한 시간이 떴다. 다시 식탁 앞으로 걸어가 도시락 뚜껑을 열어 보니 밥과 김치와 우엉, 그리고 돈가스 조각이 보였고 작은 플라스틱 용기에는 된장국도 담겨 있었다. 도시락은 일인용이지만 컵라면을 준비한다면 두 사람이 나눠 먹는 데는 그리 부족하지 않을 것이다. 수호는 라디오에서 흘러나오는 음악을 들으며 물에 적신 휴지로 식탁 구석구석을 닦았다. 정리한 식탁 한가운데엔 도시락을 두고 그 옆에 컵라면 두 개를 올려놓았다. 전기 주전자에 생수를 넉넉히 부었고 종이컵에는 미리 인스턴트커피 가루를 담았다. 함께 도시락과 라면을 나눠 먹은 뒤 커피를 마시고……

그러고 나서, 수호는 여자에게 부탁할 것이다.

언제 시작된 결심인지 알 수 없었지만 수호의 마음은 확고했다. 여자 외에는 그 부탁을 들어줄 사람도 없었다. 여자는 거절하지 않을 것이며 정직하게 그 일을 해 줄 거라고, 수호는 근거도 없이 확신했다.

가구점 가장 안쪽에 자리한 장롱 쪽으로 걸어가 문을 열었다. 쭈그리고 앉아 서랍을 당기자 지갑과 돈뭉치가 드러났다. 100만 원, 액수는 그대로였다. 지갑과 돈을 넣을 곳이 필요했다. 여자가 생강차를 담아 온 비닐 팩과 쇼핑백이 눈에 들어왔다. 비닐 팩을 가져와 구겨진 지폐를 펴서 한 장 한 장 넣는데, 갖고 싶고 먹고 싶은 것은 언제까지고 유리 진열장 안에만 있을 거라고 예감했다던 그녀의 목소리가 귓가에서 되살아났다. 수호는 그 목소리를 잊은 적이 없었다. 그 목소리가 이끄는 상상의 한가운데엔 해가 질 무렵의 소도시 거리가 있었다. 그녀는 상상의 그 거리를 늘 혼자 걸었다. 조금은 커 보이는 재킷과 단색의 스커트 같은 사무원 복장, 무채색의 구두와 핸드백, 그리고 수호가 보아 왔던 것보다 훨씬 더 앳된 얼굴. 잡화점의 카운터와 지역 박물관의 티켓 박스, 그리고 영어 학원의 접수대에서 퇴근하고 집으로 돌아가는 길, 걸음을 멈추고 조명을 밝힌 진열장 안을 들여다보는 그녀의 뒷모습으로 상상의 카메라를 들이미는 건, 그러나 그리 쉬운 일이 아니었다. 수호가 상상할 수 있는 건 오직 그 진열장 쇼윈도에 반사되는 소도시의 거리 풍경뿐이었다. 사과 꽃이 떨어지는 거리, 때로는 비가 내리고 때로는 눈이 나부끼는 거리, 다양한 사람들이 각기 다른 발소리를 내며 걸어가는 거리, 시끄럽다가도 한순간 조용하게 암전되는 거리…….

수호는 굳은 얼굴로 두툼해진 비닐 팩을 쇼핑백에 담았다.

이제 여자가 오기 전에 씻고 싶다는 생각뿐이었다. 편의점에서 산 세면도구와 여자가 갖다 놓은 또 다른 수건 한 장을 들고 뒷문을 통해 가구점을 나왔다. 아는 사람과 마주칠 수도 있는 건물 내 화장실을 이용하는 건 내키지 않았지만 지하철역까지 다녀오기엔 시간이 빠듯했다. 조심스럽게 주위를 살피며 화장실을 향해 걷다가 건물 현관문 쪽을 본 순간, 수호는 흠칫 놀라며 그 자리에 멈춰 섰다. 한밤중이라고 해도 믿을 수 있을 만큼 문밖은 어두웠다. 라디오의 시간이 거짓일 리는 없었다. 그저 대기가 불안정하고 구름이 두꺼워지면서 나타나는 기상 현상일 뿐일 터였다. 알면서도, 규칙과 질서가 무너진 세계를 마주 보고 있는 듯 혼몽한 느낌이 밀려왔다.

기억이 났다.

그때도 한차례 태풍이 지나간 한여름이었을 것이다. 고등학생 때였고 수호는 싫어하는 수학 수업을 듣고 있었다. 턱을 괸 채 운동장을 건너다보고 있는데 조명이 꺼지듯 갑자기 어둠이 내리면서 운동장엔 잿빛 먼지만 나부끼기 시작했다. 수호는 창밖의 운동장이 육신을 잃은 영혼들의 대합실 같다는 상념에 빠져들었다. 아무리 먼 곳으로 여행을 다녀온다 해도, 온 생애에 걸쳐 두고두고 회상할 엄청난 경험을 하고 돌아와도, 결국엔 저렇게 황량한 곳이 생의 최종 목적지가 될 거라고 생각하자 모든 것이 시들해졌다. 어쩌면 처음부터 기대하는 건 없었는지도 모른다. 하루를 살다가 다음 날이 되면 미련이나 고통 없이 그 지나간 하루를 인생의 총합에서 마이너스하는 것, 사는 게 그것만은 아닐 거라고 믿고 싶어서 여행 작가니 여행 가이드 같은 허상이 필요했는지도 모른다.

수호는 유리문 쪽으로 걸어갔다. 유리 안으로 스며든 수호의 얼굴 뒤편으로는 하나같이 두 겹 세 겹으로 번진 사람들의 실루엣이 얼비쳤다. 마치 육신에 갇혀 있던 영혼들이 제풀에 지쳐 흘러나오기라도 한 듯 공허해 보이는 실루엣들이었다. 여자는 곧 영혼들의 대합실 같은 저 어두운

한낮을 가로질러 수호에게 한 걸음 한 걸음 다가올 터였다. 수호는 언제까지라도 이곳에 서서 여자를 기다릴 수 있을 것 같았다.

*

엘리베이터는 7층에서 끝났다. 수호의 말대로 옥상으로 가려면 별도의 계단을 이용해야 했다. 민은 차곡차곡 이어지는 계단들을 올려다봤다. 조금 전 가구점의 4인용 식탁에서 수호는, 옥상과 연결된 이 열두 개의 계단들이 사다리 같았다고 말했다. 하루 사이에 몸살은 거의 나은 듯 보였고 목소리에서 전해지던 적대감도 사라져 있었다. 아니, 오히려 오랫동안 민을 알아 온 사람처럼 그는 편안해 보였다. 이름을 밝혔고 민이 묻지도 않은 걸 이야기했으며 간간이 민과 눈을 맞추며 소리 없이 웃기도 했다. 민은 식탁 위에 놓인, 여성용 지갑과 만 원짜리 지폐가 차곡차곡 들어 있는 쇼핑백을 한 번씩 흘끗거리며 수호의 긴 이야기를 들었다. 사다리 같은 계단들뿐 아니라 쇼핑센터 옥상에서 내려다보이는 밤의 풍경, 컨테이너로 만들어진 허술한 사무실, 피에로 분장과 우스꽝스러운 장화, 밤늦게까지 컨테이너 사무실에서 번져 나오던 재봉틀 소리에 대해 수호는 이야기했다.

근데 거기에서 난 다른 이름을 썼어요.

수호의 목소리가 갑자기 낮게 가라앉았다. 피시방에서 다른 사람의 신분을 훔친 것과 같이 일했던 사람의 체크 카드로 돈을 인출했던 과정을 수호는 차근차근 이야기했다. 수호가 하려는 말은 점점 명확해졌다. 민이 선뜻 부탁을 들어주겠고 말하자 수호는 민의 얼굴이 아니라 어깨 쪽을 응시하며 고맙다고 대답했다. 민은 웃었다. 수호가 차려 놓은 점심 식탁을 발견했을 때부터 민은 수호를 향해 웃어도 되는 순간을 기다리고 있었다.

쇼핑백을 든 손에 힘을 주며 민은 한 단씩 계단을 올랐다. 발을 떼면 곧바로 사라지던 꿈속의 그 계단들이 보이지 않는 경계를 넘어 이곳에 도달한 건 아닐까, 생각이 들 정도로 발끝이 허전했다. 계단 끝에는 무지개와 풍선이 그려진 철제문이 있었고, 철제문 너머에선 빗소리가 들려왔다. 이곳이 꿈속이 아니라는 것을 증명하듯 빗소리는 또렷하고 규칙적이었다. 민은 쇼핑백 안으로 빗물이 들어오지 않도록 입구를 한 번 접은 뒤 품에 꼭 안았다.

문을 열었을 때, 청색의 우비를 입고 미니 회전목마에 비닐을 씌우고 있는 여자가 곧장 눈에 들어왔다. 쇼핑센터 놀이공원의 담당자, 그가 훔친 돈의 주인, 이름이 이연주였던가. 민은 우산을 챙겨 오지 못했으므로 한 손으로 머리를 가린 채 이연주에게 다가갔다. 뒤늦게 민을 발견한 이연주가 비가 그칠 때까지 입장이 안 된다고, 빗소리 때문인지 우렁우렁 울리는 목소리로 일러 주었다. 민은 떠듬거리는 목소리로 돈을 가져왔다고 대꾸했고, 이연주는 그런 민을 유심히 바라봤다.

"돈이요?"

"그러니까, 잃어버리신 돈이요. 아, 그리고 지갑도요."

이연주는 민의 말을 바로 이해한 듯했다. 따라오세요, 말한 뒤 컨테이너 사무실 쪽으로 앞장서 가는 이연주의 뒷모습은 가벼워 보였다. 걸음을 뗄 때마다 이연주가 신고 있는 커다란 노란색 장화에서 요란한 소리가 났다. 수호가 일할 때 신던 장화일 터였다.

사무실 안으로 들어서자 이연주는 민에게 반듯하게 접힌 수건을 건넨 뒤 의자 하나를 당겨 민 앞에 두었다. 민은 의자에 앉아 수건으로 머리칼과 어깨를 닦으며 이연주가 우비와 장화를 벗는 걸 가만히 지켜봤다. 어째서인지 수호가 이연주를 설명할 때 얼굴을 붉히던 모습이 자꾸 떠올랐다.

"근데 그 친구, 누구죠?"

구석에 놓여 있던 샌들에 한쪽씩 발을 집어 넣으며 이연주가 물었고, 민의 대답을 기다리지 않은 채 곧바로 덧붙여 말했다.

"실은 제가 그 친구를 전혀 몰라요. 알고 보니 알았던 게 진짜 아는 게 아니더라고요. 흠, 말이 좀 이상하긴 하다,

그죠?"

물은 뒤, 이연주는 민을 빤히 바라봤다. 어느 순간 민과 이연주는 동시에 웃음을 터뜨렸다. 웃음은 금세 잦아들었고 이연주는 커피 한 잔을 타서 민에게 건넨 뒤 등받이가 없는 플라스틱 의자에 앉았다. 민에게서 받은 쇼핑백은 펼쳐 보지도 않은 채였다. 민은 어떻게 말을 꺼내야 하는 건지 판단이 되지 않았다.

"실은 저도 잘 몰라요. 그냥 어딘가에서 만났고 어쩌다 보니 심부름을 하게 됐어요."

"그 어딘가가 어딘데요?"

"그걸……."

말해도 되느냐고, 민은 오히려 되묻고 싶었다. 신고를 한다면 연행이 될 수밖에 없는 범죄를 수호는 저질렀다. 수호의 범법 행위는 또 있었다. 타인의 신상 명의를 도용한 것, 그건 돈을 훔친 것보다 더 위험했다. 실형을 선고받게 될 것이고 어쩌면 다시는 정상적인 삶을 살지 못할 수도 있었다. 삶의 한쪽 면이 언제라도 법의 처벌을 받을 수 있는 위태로운 모양이라는 점도 수호는 민과 닮아 있었다. 무단 침입도 분명 범법이니까. 민이 주저하자 이연주는 민의 마음이라도 읽은 듯 덤덤한 목소리로 말했다.

"그 친구, 신고하지 않았어요. 앞으로도 하지 않을 거고요. 그냥……."

"……."

"할 말이 좀 있어요. 알려 주세요. 부탁합니다."

"……."

이상하다, 민은 생각했다. 이상한 상황이었다. 수호와 이연주, 두 사람은 상충되는 부탁을 하고 있었다. 한 사람은 숨어서 훔친 돈을 전달해 달라고 부탁했고, 돈의 주인은 돈에는 관심도 보이지 않은 채 그가 숨어 있는 곳을 알려 달라고 부탁하고 있는 것이다. 돈으로 틀어진 관계였지만 그들에게 돈은 전혀 중요하지 않아 보였다. 돈을 훔친 사람과 그 돈을 도둑맞은 사람, 상사와 아르바이트 직원, 그런 식의 이분법으로는 설명되지 않는 두 사람만의 영역이 있는 게 느껴졌다.

그런 날이 있었다.

2년 전의 회식 자리였다. 그때 종우는 신입 사원 중 한 명이었고, 민은 과장 승진을 눈앞에 둔 3년 차 대리였다. 회식이 길어지면서 사람들의 자리가 자주 바뀌었고 민 곁에는 어느새 종우가 앉게 되었다. 민은 긴장한 듯 정자세로 앉아 있는 종우에게 일이 재미있느냐고 먼저 물었고, 종우는 5년 넘게 시험에 낙방하다가 이제야 바라던 일을 하게 되었으니 무조건 열심히 하겠다고 대답했다. 미리 준비해 놓은 모범 답안 같은 그 대답에 민은 웃었다. 웃으며, 종우의 잔에 새로 맥주를 따라 주는데 손이 미끄러지면서 맥주가 쏟아졌다. 종우의 바지가 흠뻑 젖고 말았다. 민은 재빨리 냅킨을 건네며 미안하다는 말을 반복했다. 냅킨으로 바지를 쓱쓱 닦던 종우가 살짝 고개를 들더니 괜찮다고, 단지 맥주일 뿐이고 마르면 그만이라고 말하고는 다시 닦는 데만 열중했다. 실수나 잘못을 아무렇지도 않게 넘기는 사람을 마치 처음 본 양 민은 그에게서 좀처럼 시선을 거둘 수 없었다. 민은 가능한 오랫동안 그의 곁에 앉아 있고 싶었다. 바지가 말라 가고 있으며 곧 회식이 끝난다는 게 거의 원망스러울 정도였다. 취하기라도 한다면 잘 알지도 못하는 신입 사원에게 어떤 오래된 결핍에 대해 털어놓게 될까 봐 겁이 나기도 했다. 각자 재혼하여 다른 도시에서 살던 부모는 민이 대학을 졸업할 때까지 한 달에 한 번 생활비를 입금하는 것으로 부모의 역할을 다 한 것으로 여겼고, 민은 늘 혼자였다. 감기나 몸살을 앓던 날에도, 크고 작은 이유로 믿고 의지했던 사람들을 떠나보낸 날에도 민에게는 전화할 곳이 없었다. 하루 일과를 마치고 집으로 돌아가 전등을 켤 때면 세상에서 가장 외로운 인간의 삶이라는 테마로 설계된 누군가의 악의적인 실험에 이용되고 있다는 생각마저 들었다. 그만 좀 괴롭혀. 그 시절 민은 텅 빈 맞은편 식탁 의자나 좀처럼 울리지 않던 전화기에 대고 중얼거리곤 했다. 내가 뭐라고 이렇게까지 해, 다들. 중얼거리고 나면, 수순인 듯 긴 적막이 빈집을 채웠다. 그

날 민은 종우에게 괜한 말실수를 하지 않기 위해 더 이상
술을 마시지 않았지만, 마음의 어떤 영역이 넓어지는 것을
느끼는 것만으로도 이미 충분히 취한 것 같았다.

민은 이연주에게 가구점의 위치를 설명해 주었다.

커피를 다 마시고 의자에서 일어나는데 이연주가 캐비
닛에서 우산 하나를 꺼내 가져다주었다. 눈에 익은 투명
비닐우산이었다. 수호의 것이었다가 민을 거쳐 이연주에게
맡겨져 있던 우산이 다시 민에게로 온 것이다. 이연주에게
고맙다고 말한 뒤 사무실 밖으로 나와 우산을 폈다. 그새
살이 두 개나 부러진 탓에 우산 안의 세계는 갸우뚱하게
기울어져 있었다.

거리로 나온 민은 투명한 그늘 아래를 걸었다. 우산 위
로 떨어지는 빗방울 소리는 조금씩 간격을 넓혀 갔고 대
로로 나왔을 땐 그마저도 뚝 끊겼다. 사람들이 하나둘 우
산을 탈탈 털어 접는 게 보였지만 민은 수호의 우산 아래
에 좀 더 머물고 싶었다. 비가 그치자 어두웠던 대기도 말
개져 갔다. 시계를 보니 오후 2시가 지나고 있었다. 민은 휴
대전화를 꺼내, 점심을 먹으러 나온 김에 고객이 부탁한
등기부 등본을 발급받아 가겠다고 정 대표 앞으로 메시지
를 보냈다. 사거리 뒤편에 새로 지어진 원룸 건물에 반전
세로 입주를 희망하는 고객이 인터넷 출력본이 아니라 등
기소에서 직접 발급받은 등기부 등본을 준비해 달라고 부

탁했던 것을 정 대표도 기억할 거였다. 잠시 뒤 정 대표에게서 수고하라는 답장이 왔다. 일 때문에 점심시간을 어긴 게 되었으니 일산에 다녀오느라 오후 내내 자리를 비웠던 이틀 전처럼 그의 잔소리를 들을 일은 없을 것이다. 민은 보람연립 301호가 매매될 때까지는 정 대표의 중개 사무소에서 일하고 싶었다. 중개 사무소 직원의 생애를 떠난 뒤에 뭘 할지는 아직 결정하지 못했다. 어쩌면 이번에도 유리문에 붙은 구인 광고에 이끌려 충동적으로 직업을 고를 수도 있을 것이다. 발을 헛딛는 것쯤은 이제 두렵지 않았다. 두려운 건 오직 하나, 영원히 반복될 것 같은 오늘뿐이었다. 단절이나 휴지 없이 이어지는 단 하나의 생애, 그 관성이었다.

등기소에 들러 버스를 타고 중개 사무소로 돌아가는 길에 민은 셔터가 올라간 가구점을 보았다. 내부가 훤히 드러난 가구점은 낯설다 못해 기이하기까지 해서 민은 주먹으로 눈을 비비고 또 비볐다. 가구점 앞엔 트럭 한 대가 정차해 있었는데, 마침 인부 두 명이 소파를 트럭으로 실어 나르는 중이었다. 트럭에는 이미 옷장과 식탁이 실려 있는 상태였다. 민은 비틀거리며 일어나 신경질적으로 여러 번 하차 벨을 눌렀다. 버스는 두 블록 더 간 뒤 정류장에서 정차했다. 문이 열리자마자 튕겨 나오듯 버스에서 내린 민은 가구점 쪽으로 뛰듯이 걸으면서 정 대표에게 전화했다.

"급매로 나온 가구점이요, 약국 옆에 있는 거, 어떻게 된 거예요?"

정 대표가 전화를 받자마자 민은 다그치듯 곧바로 물었다.

"아, 거기? 어떻게 되긴 뭘 어떻게 돼. 밀린 월세로 보증금 다 까먹고 쫓겨나게 된 거지, 뭐. 가구야 법적으로 타인 재산이니까 맘대로 처리하진 못할 거야. 잠깐 내놓고 겁주려는 거겠지."

"그래도 어떻게……."

어떻게, 말한 뒤 민은 흡, 하고 숨을 삼켰다. 어깨가 꾸부정한 반백의 사내가 민의 어깨를 툭 치고 지나갔다. 비가 그치면서 바람도 멈춘 거리에서 사내의 희끗한 머리칼과 검은색 티셔츠, 그리고 청바지는 기이할 정도로 세차게 펄럭이고 있었다. 그는 마치 그 어떤 계절에도 소속되지 않는 이상한 시간 속에 내던져진 사람 같았다. 사내가 걸어가는 곳은 가구점 쪽이었다. 민은 그가 누구인지 단박에 알아볼 수 있었다.

그는, 목수였다.

*

잠시 덜컹거리던 셔터가 순식간에 올라갔을 때, 수호는

침대에 앉아 초조한 마음으로 여자를 기다리는 중이었다. 셔터가 올라간 순간, 한낮을 삼켰던 어둠 대신 눈을 부시게 하는 빛 무더기가 쇼윈도를 통해 쏟아져 들어왔다. 쇼윈도 너머로는 단단한 체격의 노인과 정차되어 있는 트럭이 보였다. 일렁이는 햇빛 때문에 노인의 얼굴은 아주 천천히 윤곽을 드러냈다. 그는 몹시 놀란 듯 한동안 꿈쩍도 하지 않은 채 쇼윈도 안쪽만을 뚫어지게 건너다봤다. 어렴풋이 도망가야 한다는 생각이 들긴 했지만 갈 곳이 없다는 걸 상기하자 손가락 하나 움직여지지 않았다.

노인은 곧 가구점 안으로 들어왔고 수호는 그제야 엉거주춤 침대에서 일어났다. 누구요, 묻고는 수호의 대답을 기다리지도 않고 이게 뭐야, 이게, 중얼거리며 그는 수호와 가구점 안을 매섭게 번갈아 봤다. 담요가 말려 있는 침대, 라디오와 화분이 놓인 화장대, 빵과 생수와 약봉지가 뒤섞인 채 널려 있는 식탁, 식탁 아래 쓰레기를 모아 놓은 비닐봉지, 노인이 바라보는 곳마다 그리 청결하지 않은 수호의 흔적이 있었다. 그새 트럭에서 내린 인부들과 가구점 앞을 지나가던 사람들이 호기심 어린 시선으로 어질러진 가구점을 흘끗거렸다. 뒤늦게 밀려오는 수치감에 수호는 귓불이 뜨거워졌다. 잘못이나 이유도 없이 사람들의 조롱을 받는 진짜 피에로라면 이 정도의 수치심 같은 건 아픔 없이 수긍했을까. 나는…….

근데 나는, 누구인 걸까.

"당신 누구냐니까!"

가구점 안을 떠도는 수호의 체취와 환기되지 않은 음식 냄새 때문인지 노인이 잔뜩 인상을 쓰며 다시 물었다. 수호는 이번에도 대답을 못 한 채 고개를 숙였고, 바로 그 순간 식탁 다리에 굴절되어 스미는 무지개가 수호의 눈에 들어왔다.

"누군데 남의 건물에다 살림을 차려 놓고 사는 거야? 이거 무단 침입 아닌가, 어!"

"……."

힘껏 목소리를 높인 노인이 경찰서에 신고부터 하겠다고 으름장을 놓았지만 수호는 무지개에 정신이 팔려 그 말의 심각성을 실감할 수 없었다. 수호의 머릿속은 저 무지개를 어딘가 안전한 곳에 보관해 두었다가 종이컵 여자가 오면 보여 주고 싶다는 생각뿐이었다. 대기의 수분과 햇빛의 양과는 상관없는, 그저 색색의 셀로판지를 투과한 가짜 무지개에 불과했지만 여자는 충분히 기뻐할 것이고 견뎌야 했던 무언가를 잠시라도 잊을지 몰랐다.

무지개는 조금씩 출렁이면서 왼쪽으로 이동했고 따각따각 소리를 내며 다가오는 샌들에까지 번졌다. 눈에 익은 샌들이었다. 수호는 고개를 들어 아연히 그녀를 바라봤다. 그녀는 감정이 읽히지 않는 얼굴로 수호가 놀이공원 사무실에 놓고 온 가방을 들고 서 있었다. 휴대전화에 대고 개인 건물에 침입한 부랑자와 건물의 위치에 대해 알리는 노인의 쩌렁쩌렁한 목소리는 귓가를 비껴가고 있는데, 그녀의 숨소리는 너무도 정확하게 들려왔다. 맥박 소리, 침을 삼키는 소리, 가방을 쥐고 있는 손에 땀이 차오르는 소리, 그 모든 소리들이 다 들리는 것만 같았다.

"저 어르신, 죄송한데 저 좀 잠깐 보시겠어요?"

그녀는 수호에게서 시선을 거두고는 노인 곁으로 걸어가 그렇게 말을 걸었다. 노인은 어리둥절한 얼굴로 그녀를 건너다보았고 그녀는 낮은 목소리로 노인에게 무언가를 설명했다. 잠시 뒤 노인은 한쪽 귀에 대고 있던 휴대전화를 내려놓고는 수호에게 큰 걸음으로 다가와 물었다.

"그쪽, 진짜 신 사장 아들이야?"

수호는 아무런 대답 없이 그녀 쪽을 다시 쳐다봤다. 곁에선 노인이 신 사장을 불러야겠다며 다시 휴대전화 화면을 켜고 있었다. 아버지……. 아버지를 떠올리자 가짜 무지개가 은밀하게 숨어든 가구점이 비로소 현실적인 공간으로 바뀌기 시작했다. 실패한 상가, 빚의 근원지, 치밀하고도 끈질기게 수호의 삶을 망가뜨려 온 공간, 그리고 이제 곧 얼굴 반쪽이 일그러진 목수가 저 수전노에게 사과를 하게 될 무대. 보게 되겠지, 그녀도. 노인에게 저자세로 사과한 뒤 이해를 부탁하는 아버지를 지켜보게 될 내 맨얼굴을. 어쩌면 그녀는 수호의 맨얼굴이 비겁하고 초라하다고 생각할지 모른다.

아니, 분명 그럴 것이다.

이제야 도망가야 할 명분이 분명해진 셈이다. 수호는 노인과 그녀 사이를 가로질러 출입문 쪽으로 재게 걷기 시작했다. 걸으면서 생수통에 발이 걸려 휘청거렸고, 가까스로 중심을 잡은 뒤 가구점을 나왔을 땐 어느 길이 영원으로 이어지는지 알 수 없어 잠시 허둥댔다. 등 뒤로는 수호의 행동 하나하나를 지켜보는 그녀의 시선이 느껴졌다. 수호는 오른쪽으로 몸을 틀었고 그때부터 무작정 뛰기 시작했다.

그녀는 인내심을 갖고 간격을 유지하며 수호를 따라 뛰었다. 서너 번 모서리를 돌며 뛰던 수호는 어느 순간 뛰던 걸 멈추고 천천히 뒤를 돌아봤다. 수호가 멈추자 그녀도 바로 속도를 늦췄고, 거칠어진 숨을 고른 뒤엔 수호를 향해 큰 보폭으로 걸어오기 시작했다. 그녀와 단절되었던 지난 며칠 동안 무슨 일이 있었던가. 몸살을 앓았고 종이컵 여자의 보살핌을 받으며 긴 잠을 잤다. 생전 처음 경의중앙선을 타 보았고 그녀의 동네를 찾아갔으며 노파로 변한 그녀가 갈퀴 형상의 손으로 수호를 상하게 하는 꿈을 꿨다. 그리고 틈틈이 그녀를 생각했다. 아니, 틈만 나면 생각했다. 그녀는 수호의 마음속에 매 순간 다른 모습으로 나타났다. 여름 햇살 속에서 맑은 고음으로 웃을 때도 있었고 실밥이 터진 빨간색 캐리어를 옆에 세워 둔 채 슬픈 얼굴로 기차역 대합실에 앉아 있을 때도 있었다. 나른한 숨소리를 내며 수호의 품 안으로 부드럽게 파고들기도 했고, 괴물을 보듯 차갑게 수호를 응시하다가 주저 없이 돌아서기도 했다. 그녀를 생각하고 또 생각하다 보면 좋았다가도 괴로웠으나, 살아 있다고 느끼는 순간은 그때뿐이었다.

"돌아가."

다가온 그녀가 덤덤하게 말했다.

"돌아가서 마저 해명해."

"⋯⋯."

"부랑자도 침입자도 아니라고, 아버지 상가에서 잠시 쉬고 있었던 거라고 직접 말하란 말이야. 그렇게 계속 도망만 다닐 거니?"

"내가⋯⋯."

"⋯⋯."

미안해요, 말한 뒤 수호는 시선을 떨어뜨렸다. 한번은 맞닥뜨려야 하지만 언제까지라도 미루고 싶었던 순간이었다. 사과를 했으니 그녀의 반응은 용서와 거부, 둘 중 하나일 것이다. 용서든 거부든, 그 뒤엔 관계의 정리가 남아 있었다. 함께 일하고 만나고 연락하는 게 가능했던 세계는 완전히 폐쇄되는 것이다. 그리고 그 폐쇄된 세계는 추억도 사치가 되는 메마른 시간으로 채워질 터였다. 어쩌면 진짜 고통은 그때부터 시작될지 모른다.

"내가 여기 왜 온 줄 알아?"

그녀가 물었다. 말하는 목소리가 떨렸다.

"사과받으려고 온 것도 아니고 딱히 탓하고 싶지도 않아. 그냥 물어보고 싶었어."

"……."

"왜 그때 바로 오지 않았어, 왜? 고작 100만 원으로 이렇게 다 망가뜨릴 거면서 왜 그렇게……."

"……."

"대체 왜 그렇게, 왜 하필 나한테……."

"……."

"……."

그녀는 말을 맺지 않았고, 침묵은 길어졌다. 수호는 힘겹게 고개를 들었다. 시선이 마주치자 그녀는 그때껏 손에 들고 있던 가방을 수호 쪽으로 던지고는 재빨리 돌아섰다. 가방을 품에 안은 수호는 그녀를 따라가지 않기 위해 두 다리에 힘을 주었다. 무책임하게도 그 순간, 그녀를 처음 만난 날이 떠올랐다. 비눗방울, 비눗방울 속 허공의 도시, 아이들, 넘어진 여자아이, 그리고 그녀의 첫 번째 언어였던 차갑고 꺼칠꺼칠한 손바닥, 그 모든 게 믿기지 않을 만큼 선명하게 보이고 감각됐다. 언젠가 그녀는 말했다. 뒤에서 보고 있었노라고, 수호가 여자아이를 일으켜 세운 뒤 옷에 묻은 먼지를 털어 주는 걸 지켜보며 함께 일해야겠다는 결심을 했다고도 했다. 아마도 아이스크림 장사를 마치고 그녀의 집 쪽으로 걸어갔던 7월의 첫째 주 월요일에. 그녀의 마지막 뒷모습은 다행히 휘청거리지 않았다. 하지만 그녀는 다시 넘어질 수밖에 없을 것이다. 누군가는 그녀를 속일 것이고 누군가는 그녀에게서 소중한 것을 빼앗아 갈 것이다. 그녀를 무시하고 외면하고 비웃는 사람들은 끊임없이 나타날 터였다. 그럴 때 수호는 그녀 곁에 있을 수 없었다. 그녀를 일으켜 세워 주고 먼지를 털어 주는 일은 수호의 몫이 아니었다.

아주 오랜 시간이 지나고 나면 그녀의 선택이 용서였는지 더 큰 분노였는지, 그것 역시 판단할 수 있을 것인가. 그러나 먼 미래에는 그녀가 미처 하지 못한 말이 분명해질 거라는 예감은 지금 이 거리에서 아무런 위로가 되지 않았다.

나한텐 미래가 없어요.

그녀가 완전히 시야에서 사라진 뒤에야 수호는 속으로 중얼거렸다. 알고 있죠?

다 알면서 나처럼 헛된 기대를 한 거잖아, 그렇죠!

그녀가 되돌아와 대답을 해 줄 리 없다는 걸 알면서도 수호는 주변의 소음과 풍경이 사라진 백지 같은 거리에서 한참을 기다렸다.

그녀는 다시 오지 않았다.

여름이 흘러가고 있었다.

가구점으로 돌아왔을 때, 수호는 초로의 남자가 건물주 노인 앞에 두 손을 가지런히 모으고 서서 무슨 말인가를 건네는 모습을 보았다. 그의 어깨는 꾸부정했고 제대로 빗지 않은 머리칼은 덥수룩했다. 대낮에 집 밖에서 본 아버지는 수호가 알아 왔던 것보다 훨씬 더 늙어 보였다. 수호는 허방을 딛듯 허청거리는 걸음으로 아버지에게 다가갔다. 이제…… 수호를 향해 돌아서는 아버지를 똑바로 바라보며 수호는 말했다.

"이제 집에 가요, 아버지."

여름의 끝

그 후로도 가구점은 한 달 가까이 비어 있었다.

출퇴근길에 철제 셔터가 올라간 텅 빈 가구점을 지나갈 때면 민은 잔뜩 화가 난 사람처럼 입을 꾹 다문 채 걸음을 빨리하곤 했다. 빈 가구점엔 해외 브랜드의 아웃도어 매장이 들어온다고 했다. 보증금과 임대료 조정이 끝나는 대로 시설과 인테리어 공사가 착수될 터였다. 몽롱했던 어둠, 흐릿한 거울, 톱밥 냄새와 차렵이불의 감촉은 콘크리트 먼지에 묻힐 것이고 성스러움에 가까웠던 목수의 노동은 처음부터 없었던 듯 허공으로 돌아갈 것이다. 소진만 가능했던 이 세계의 여분 같던 공간, 그 공간이 사라진다면 살아 있다는 게 의심될 때 민이 갈 곳은 이제 없었다.

물론, 갈 곳을 잃은 사람은 민 혼자만이 아니었다.

같은 동네에 살고 있으니 한 번 정도는 뜻하지 않은 곳

에서 우연히 마주치지 않을까 기대했지만 그런 일은 일어
나지 않았다. 그사이 민에게는 수호와 체격이 비슷한 젊은
남자와 마주칠 때마다 한 번씩 뒤를 돌아보는 습관이 생
겼다. 흘끗 본 사람이 수호가 아니란 걸 확인하면 매번 허
탈했지만 한편으론 다행이라고 생각했다.

그리고 8월의 셋째 주 수요일, 민은 그 소식을 들었다.

개인이 아니라 시공사가 그 일대에서만 열 채 가까운 집
을 일괄 매입했는데, 은희 할머니의 집도 그 목록에 덩달
아 포함된 모양이었다. 이번에 팔린 집들은 더 이상의 매매
없이 철거 때까지 비어 있을 거라는 정 대표의 말이 그나
마 위로가 됐다. 시공사의 그런 행보는 재건축이 임박했음
을 알리는 신호와 같았으므로 정 대표를 비롯한 근방의 중
개업자들은 오전부터 전화를 주고받으며 급박하게 돌아가
는 상황에 대해 의견을 나눴다. 중개 사무소엔 오랜만에 전
화벨 소리가 끊이지 않았고, 휴대전화와 두 대의 전화기로
통화를 이어 가던 정 대표는 점심시간도 되기 전에 재건축
조합장을 만나고 와야겠다며 황급히 사무소를 나섰다.

민은 오전 내내 정 대표가 찾기 쉽도록 서류와 장부를
정리했고, 오후엔 현장 업무가 있어서 사무소 문을 잠근
뒤 외출을 했다. 민과 함께 현장을 돌아볼 고객은 작은 평
수의 반전셋집을 구하는 20대 초반의 미혼 남성이었다. 머
리칼이 유난히 짧고 말투가 지나치게 공손해서 무슨 일

을 하는 사람인지 궁금했는데, 그가 먼저 말년 휴가를 나온 병장이라고 자신을 소개한 뒤 제대 후 거주할 집을 찾는 거라고 밝혔다. 민은 그를 데리고 신축 건물의 원룸을 비롯해서 대로변의 오피스텔, 오래된 연립주택의 옥탑방까지 둘러봤지만 계약은 성사되지 않았다. 그가 군대에 가 있는 동안 보증금과 월세 증가액이 그의 예상치를 훨씬 더 웃돌았던 것이다. 착잡해하는 그에게 민은 지하철역까지 차로 데려다주겠다고 말했지만 그는 사양했다. 역시나 공손하게 인사하고는 지하철역 쪽으로 걸어가는 그를 민은 여러 번 돌아봤다. 가을에 입대한다고 했던가. 2년여 뒤 제대하고 나면…….

그때가 되면, 내가 너의 방을 알아봐 줄 수 있지 않을까.

생각 끝에서 민은 허탈하게 웃었다. 그럴 가능성은 없었다. 날짜는 확정되지 않았지만, 민은 곧 중개 사무소가 아니라 회계 사무소로 출근할 예정이었다. 지난주에 시내 일식당에서 만난 대학 선배는 민에게 저녁을 사며, 최근에 개업한 자신의 회계 사무소에서 함께 일할 만한 사람을 소개해 달라고 부탁했었다. 내가 할까요? 민은 건성으로 물었지만 선배는 기다렸다는 듯 반색하며 일의 성격과 급여 등에 대해 길게 설명했다. 매해 새로운 회계사가 1000명 가까이 쏟아지고 있으며 앞으로는 그 수가 더 늘 거라고, 자격증 하나 믿고 너무 오래 쉬면 감각 떨어져 경쟁에서 밀린다고, 선배답게 충고도 아끼지 않았다. 그녀는 민이 1년 동안 직장 없이 지내는 줄 알고 있었다. 민은 화장실에 다녀오겠다는 말로 일단 자리를 피했다. 돌아가야지. 식당 화장실에서 손을 씻다 말고 거울을 들여다보며 민은 중얼거렸다. 서류와 통계와 회의가 있는 곳으로. 그럼, 타인의 방에 몰래 거주하며 30분짜리 생애를 향유하던 나의 흐릿한 세계는 어디로 가는 것일까. 사라지겠지, 민은 생각했다. 시간이 흐르면, 발을 헛디뎌 잠시 헤매고 다닌 웅덩이 같은 곳으로 지난 1년을 기억하게 될지도 모른다. 누군가에게는 수수료에 연연했던 시절을 마치 모험담이라도 되듯 과장되게 웃으며 떠벌릴 수도 있을 것이다. 타협을 앞두고 있는 거울 속 얼굴은, 그러나 그리 흡족해 보이지 않았다. 오히려아니라고, 그런 게 아니라고 항변하는 듯 원망스러운 표정을 짓고 있었다. 하긴, 타협을 거부하고 할 수 있는 것도 결국 생계를 위한 것이니 타협과 타협 아닌 것의 구분이 무의미했다.

그렇게, 믿고 싶었다.

그날 선배와 헤어지고 민은 시청 쪽으로 혼자 걸어갔다. 대한문 앞 분향소는 그새 더 낡아 있었다. 여기저기 찢긴 부분은 청 테이프로 대충 막아 놓았고 쇠로 된 봉은 녹슬어 있었다. 아마도 여름이 지나면 철거될 것이다. 경찰이 이미 여러 번에 걸쳐 저 천막을 철거하려 했다는 기사를 읽은 적이 있었다. 민은 이번에도 모금함에 지폐를 넣고 다른 사람의 이름으로 서명을 한 뒤 천막 안으로 들어갔다. 천막 안엔 침낭과 담요, 휴대용 가스레인지와 라면 박스가 한데 엉켜 있을 뿐, 사람은 한 명도 없었다. 상복을 입은 여자도 오늘은 보이지 않았다. 민은 침착하게 향을 피웠고 두 번 절한 뒤 다시 무릎을 꿇고 앉았다. 가까스로 고개를 들어 영정 사진을 올려다보았다. 오래오래, 민은 애써 미소를 지으며 그와 눈을 맞췄다. 어느 순간 몸이 점점 앞으로 기울어지면서 눈앞이 뿌예지기 시작했다. 누군가 천막 안으로 들어와 민의 등을 두드리기 전까지, 민은 어깨를 떨며 흐느껴 울었다.

군인 고객과 헤어진 뒤 승용차에 올라 중개 사무소로 돌아가는데 멀리 쇼핑센터 건물이 보였다. 그 순간 승용차 트렁크에 넣어 둔 비닐우산이 기억났고, 핑곗거리는 그것으로 충분할 것 같았다. 자연스럽게 민은 쇼핑센터 쪽으로 차를 몰았다.

이연주는 파라솔 아래 앉아 있었다.

비는 내리지 않았지만 오늘도 놀이기구를 이용하는 꼬마 손님은 보이지 않았다. 민의 시선이 놀이기구 중 유일하게 움직이고 있는 미니 회전목마에 잠시 머물렀다. 아무도 태우지 않은 채 작은 원을 그리고 있는 미니 회전목마는 파산한 서커스단이 버리고 간 폐물처럼 스산해 보였다. 살이 부러진 데다 이제는 찢기기까지 한 비닐우산을 들고 민은 파라솔 쪽으로 성큼성큼 걸어갔다. 멀리 고가도로 쪽을 하염없이 건너다보던 이연주는 민이 바로 앞까지 걸어가자 그제야 민 쪽을 바라봤다.

"우산을 돌려줘야 할 것 같아서요."

어리둥절한 얼굴로 자리에서 일어나는 이연주에게 민은 망설이지 않고 말했다. 내다 버려도 이상할 것 없는 우산을 이연주는 두말없이 받았고, 여기까지 왔는데 커피라도 마시고 가라며 파라솔 의자 하나를 빼 주었다. 이연주가 사무실로 들어가 커피를 준비하는 동안 민은 의자에 앉아 텅 빈 놀이공원을 천천히 훑어봤다. 언젠가 이토록 쓸쓸한 놀이공원을 본 적이 있는 것만 같았다. 아마도 요란한 소리를 내며 달려가는 기차를 타고 가다가 창밖으로 넓게 펼쳐진 여름의 들판 한가운데서. 그때 민의 옆자리엔 스팽글이 가득 박힌 화려한 무대 의상 차림의 이연주가 앉아 있었다. 이연주는 그새 공중그네 곡예사가 되어 공연을 마치고 기차에 오른 걸 거라고 민은 생각했다. 이연주는 말하지 않았지만, 민은 이연주가 수호를 만나러 가는 길이란 걸 짐작할 수 있었다. 수시로 거울을 꺼내 들여다보는 이연주의 양쪽 뺨이 붉었다. 그러나 기차가 예정된 역에서 정차할 때마다 이연주는 고집스럽게 자리를 지켰고 그 모습을 바라보는 민이 외려 불안했다. 수호는 어디에 있는가. 아마도 피에로 분장을 미처 지우지 못했을 그는, 어느 비 내리는 거리를 우산도 없이 혼자 걷고 있을 것인가. 대체…….

대체, 언제 나는 이런 꿈을 꾸었던 걸까.

저쪽에서 이연주가 김이 올라오는 종이컵 두 개를 들고 이쪽으로 걸어오고 있었다.

이것 때문에 여기까지 왔다는 생각이 들 정도로 오랜만에 마시는 인스턴트커피는 달고 따뜻했다. 후후 불며 커피를 아껴 마시고 있는데, 맞은편의 이연주가 검은색 고깔모자를 벗더니 불쑥 민에게 내밀며 기념품으로 갖겠느냐고 물었다.

"이미 다른 의상들이랑 소품들은 정리를 시작했어요. 버리기 싫어서 집에 갖다 놓은 것도 많은데 집에서도 점점 쓰레기가 되어 가네요. 이 모자가 선물 용도로 쓰인다면 저도 좋아요. 제가 만든 것 중에서 가장 아끼는 소품이거든요."

그렇게 말하는 이연주를 건너다보다가 민은 손을 뻗어 모자를 받았다. 이 지역의 랜드마크였던 쇼핑센터가 10월부터 멀티플렉스 영화관으로 리모델링된다는 건 민도 들어 알고 있었다. 아직 계획에 불과한데도 아파트 매매가는 큰 폭으로 올랐고 근방의 상권은 술렁이고 있었다. 도시는 증식의 본능을 갖고 있는 거대한 생명체가 아닐까, 민은 생각했다. 오래된 쇼핑센터와 실패한 가구점, 외로운 사람들이 사는 연립주택 같은 공간을 잠식하며 도시는 끊임없이 그 본능을 증명하는 것이다.

이연주와 마주 앉아 중독성 높은 인스턴트커피의 맛과 여름의 끝을 실감하게 하는 날씨의 변화에 대해 몇 마디 말을 나누고 나니 더 이상 할 이야기가 없었다. 직접적인 친분이 없는 사람들끼리 새로운 직업을 화두로 의견을 나누는 건 어색한 일이었다. 그렇다고 민이 가구점에서 수호와 있었던 일들을 함부로 떠벌릴 수는 없었다. 멀리 고가도로를 지나가는 차들의 행렬을 바라보다가 민은 자리에서 일어났다. 이연주와 어색하게 작별 인사를 했고 가방과 모자를 챙겨 계단으로 이어지는 철제문 쪽으로 걸어갔다. 그 문을 통과하기 전, 그때껏 돌아가고 있는 회전목마를 민은 한 번 더 돌아봤다. 저곳에 앉아 있으면 세상은 끊임없이 돌아가는 작은 원처럼 보일까. 문득 그것이 궁금해졌다. 아이가 어른이 되고 어른은 노인이 되는 동안 결핍은 보완되고 상처는 치유되는 것, 혹은 삶이란 둥근 테두리 안에서 부드럽게 합쳐지고 공평하게 섞이는 것이므로 아픈 것도 없고 억울할 것도 없는 것, 그런 환상이 가능할까. 누군가 죽은 자리에서 누군가는 태어나는 방식으로 무심히 순환하며 평형을 유지하는 이 세상에서 꿈에서 본 죽은 노인을 기억하는 건 어리석은 짓이라고, 그러나 민에게 그렇게 일러 준 사람은 한 명도 없었다. 자명한 건 오직 하나, 미니 회전목마를 타기엔 민 역시 몸집이 너무 커져 버렸다는 것뿐이었다.

민은 곧 놀이공원을 빠져나왔다. 커피가 맛있었다는 말을 이번에도 이연주에게 전하지 못한 것이 중개 사무소로 돌아가는 내내 마음에 걸렸다.

*

마법사의 고깔모자를 쓴 사람이 눈에 띄지 않을 도리는 없다. 게다가 그 모자는 수호가 두 달 가까이 거의 매일 봐 왔던 것이기도 했다. 버스 뒷좌석에 앉아 있던 수호는 고개를 조금씩 뒤로 돌리며 그 모자를 눈으로 좇았다. 모자가 이마까지 내려온 데다 모자를 쓴 사람이 고개를 푹 숙이고 있어서 얼굴은 확인할 수 없었다. 버스를 따라 걸어오던 모자가 횡단보도를 건넜다. 수호는 재빨리 횡단보도 건너편으로 시선을 옮겼다. 동물 병원이 보였다. 그새 횡단보도를 다 건넌 모자는 동물 병원을 지나 오른편의 사잇길로 사라졌다. 수호는 가방을 챙겨 자리에서 벌떡 일어나 버스 뒷문으로 걸어갔다.

버스에서 내린 뒤엔 쉬지 않고 뛰어 동물 병원을 찾아갔지만 모자는 보이지 않았다. 초조하게 주위를 두리번거리다가 모자가 사라진 사잇길로 들어가 다시 뛰기 시작했다. 수호가 멈춘 곳은 작은 마트 앞이었다. 마트 안쪽, 쌓아 올린 라면 상자와 두루마리 휴지 위로 둥둥 떠다니는 모자가 보였다. 수호는 일단 마트 맞은편 전신주 뒤로 몸을 숨겼다. 모자는 곧 찬거리가 가득 든 비닐봉지를 양손에 들고 마트에서 나왔고 수호도 모자를 따라 천천히 걷기 시작했다. 모자와의 간격은 10미터 정도를 유지했다. 묵묵히 앞을 향해 걷던 모자가 잠시 걸음을 멈추더니 비닐봉지를 내려놓고는 어깨를 한쪽씩 밖으로 돌렸다. 모자가 허리를 숙여 다시 비닐봉지를 들 때, 수호는 그 옆얼굴을 얼핏 볼 수 있었다.

여자는 오르막길로 들어섰다. 오르막길을 따라 오래된 연립주택이 연이어졌는데, 경사가 가팔라질수록 황량한 기운이 짙어졌고 창문이 깨져 있거나 외벽에 설치된 가스관이 끊어져 있는 주택도 나타났다. 주택과 주택 사이로는 주인 없는 개 몇 마리가 어슬렁거리기도 했다. 10년 넘게 살아온 아파트에서 불과 대여섯 정거장 떨어진 곳인데도 수호는 이 동네에 처음 와 보는 거였다. 곳곳에선 현수막이 펄럭이고 있었는데, 재건축을 환영한다는 현수막과 보상가를 다시 내놓으라는 현수막이 뒤섞여 있어서 무엇이 이 동네 사람들의 진심인지 알 수 없었다. 여자는 측면에 보람연립이라는 이름이 페인트칠된 낡은 건물 안으로 들어갔다. 보람연립은 4층짜리 건물이었고 두 개의 동이 연결된 ㄴ자 모양이었다. 수호는 보람연립 지하 주차장으로 이어지는 입구에 등을 기대었다. 지하이긴 하지만 오르막길이라 주차장은 보통 건물의 1층처럼 그 안이 훤히 보였다.

잠시 멍하게 서 있다가 휴대전화를 꺼내 시간을 확인하니 4시 15분 전이었다. 당장 큰길로 나가 택시를 잡는다 해도 어차피 업무 교대 시간인 4시 안에는 세차장에 도착하지 못할 터였다. 미리 양해를 구하지 않고 출근을 하지 않으면 자동으로 해고 처리된다고, 면접 날 사장은 말했다. 요즘 애들은 고생을 모르고 자라서 툭하면 일을 그만둔다고, 그렇게 되면 새 직원을 구할 때까지 영업에 지장이 생길 수밖에 없으니 정산되지 않은 일당은 사업하는 사람 입장에서는 위로금이 되는 거라고, 그 정도는 이해하겠지, 말끝에서 슬쩍 되묻기도 했다. 사장의 말을 들으면서는 반드시 주급을 받는 날 갑작스럽게 일을 그만두어 그 이상한 방침을 비웃자고 결심했지만, 이제 15분 후면 수호는 나흘치의 일당을 사장에게 위로금으로 헌납한 채 해고될 터였다. 어차피 한 달 뒤 입대 때까지 시간을 때우기 위해 한 일이니 미련은 없었다. 그런데…….

그런데, 나는 왜 여기에 있는 걸까.

일단은 여자가 반가웠다. 길을 걷다가 중개 사무소 간판을 발견하면 여자가 떠올랐고 어떻게 지내는지 궁금하기도 했다. 일주일 전부터는 여자에게 하고 싶은 말들이 쌓여 갔다. 일주일 전에 수호는 입영 통지서를 받았고, 휴학 연장을 위해 오랜만에 학교에 가서는 휴학계 대신 자퇴서를 제출했다. 충동적인 선택이었지만, 돌이켜 보면 내내 예감해 오던 일이기도 했다. 학과장은 도장을 찍어 주며 계획이 있느냐고 물었고 수호는 여행을 할 거라고 대답했다. 학과장이 어디로 여행을 갈 예정이냐고 물어 올까 봐 수호는 괜히 마음이 분주했다. 북해의 빙하, 지중해 해변, 남미의 뒷골목, 설산과 사막 중에서 어느 곳을 대답해야 할지 그 짧은 시간 동안 도무지 판단이 되지 않았던 것이다. 여행한다고 학교를 그만두나, 묻는 학과장의 얼굴이 일그러졌다. 그는 수호가 가려는 여행지에 아무런 관심이 없어 보였다. 더 이상 빚을 지며 살고 싶지 않다는 대답을 끝까지 호주머니에서 꺼내지 않기 위해 수호는 입술을 꽉 다물었다. 수호의 가족이 살던 아파트는 이제 은행이 소유하게 되었다. 치료를 미루고 있는 아버지의 안면 마비증은 끝내 회복되지 못할 것이고, 어머니는 어느 평범한 아침 식탁에서 아르바이트 때문에 학점 관리가 안 된다며 울먹이는 동생의 뺨을 때릴지 모른다. 하지만 수호가 무서운 건 그런 게 아니었다. 군대에서 생활고를 비관한 일가족이 함께 죽음을 택했다는 뉴스를 접하고는 떨리는 손으로 집에 전화를 거는 자신의 모습을 상상하는 것, 수호는 그런 것이 무서웠다.

여자는 평온한 얼굴로 그 긴 이야기를 들어 줄 게 분명했다. 괜찮을 거라고, 아직 일어나지도 않은 일을 미리 걱정할 필요는 없다고 말해 줄지도 몰랐다. 여자도 수호에게 할 말이 없진 않을 것이다. 아무 연고가 없는 연주를 굳이 다시 만난 이유라든지 그녀에게서 모자를 받게 된 사정 같은 것⋯⋯.

그러나, 그뿐이었다.

어딘가에서 오늘처럼 우연히 여자를 발견하는 날이 또 온다면 수호는 그때도 여자의 눈에 띄지 않도록 조심할 것이고 필요하다면 도망도 칠 것이다. 여자에게는 빚을 진 느낌이었고, 갚을 수 없는 빚이라면 생각만으로도 목이 졸리는 듯 답답했다. 물론 입대 전까지 수시로 이곳에 와 본다면 여자에게 줄 것이 생길지도 몰랐다. 승용차를 몰래 세차해 놓을 수도 있고, 여자의 아이에게 사탕이나 과자를 사 줄 만큼의 돈은 있었다. 여자에게 승용차나 아이가 있다면 말이다. 그러고 보니 수호는 여자에 대해 아는 것이 없었다. 오늘 이곳까지 뒤따라 온 덕에 여자가 사는 집은 알게 되었지만 그 집에서 여자가 누구와 사는지는 짐작조차 할 수 없었다.

이상했다.

생각해 보면 이상한 것투성이였다. 여자는 대가 없이 수호를 보살폈고 어려운 부탁도 들어주었지만 수호는 여자의 이름조차 정확하게 알지 못하는 것이다. 연기 같은 사람이라고, 수호는 종종 생각했다. 성분을 알 수 없는 연기처럼 홀연히 나타나 필요한 것을 주고 말없이 사라진 사람, 누군가 여자에 대해 묻는다면 수호는 이렇게밖에 대답하지 못할 터였다. 하지만 수호에게 정말 중요한 건 여자의 정체가 아니라 여자에게서는 받기만 했을 뿐, 그때나 지금이나 수호가 줄 것은 없다는 관계의 불균형이었다. 게다가 여자가 위로를 얻곤 했던 가구점은 아마도 며칠 안에 이 지상에서 완전히 사라지고 말 것이다.

아무리 생각해도 보람연립 근처를 서성일 까닭이 없었지만 수호는 돌아서지 못했다. 갈 곳이 없었다. 수호는 방금 전 실업자가 되었고 이 시간에 아버지와 단둘이 집에 있는 상황은 껄끄러웠다. 아니, 어쩌면 여자가 쓰고 있던 모자가 눈에 어른거려서 떠나지 못하는 것인지도 몰랐다. 모자는 마치 수호를 놀라게 하려고 옥상 놀이공원에서 몰래 빠져나온 짓궂은 사물 같았다. 감각의 촉수 하나를 그곳에 두고 온 듯, 놀이공원을 떠나온 뒤부터 수호의 것이 아닌 감정이 마음을 채우곤 했다. 그녀가 그곳에서 감당하는 감정은 다양할 테지만 수호에게 전달될 땐 모양과 질감이 똑같았다. 그녀의 감정이었을 필요 이상의 유쾌함이, 돌연한 허탈감이나 막막한 외로움이, 수호에게는 매번 작고 둥근 모양의 꺼끌꺼끌한 덩어리로 만져졌다. 마치 규격화되어 운반되는 수하물처럼. 생각은 이제 놀이공원에서 보낸 여름으로 흘러갔다. 여름은 출렁이는 초록의 소리와 비릿한 비 냄새, 그리고 그녀의 체온으로 채워진 지나간 여행지이기도 했다. 비록 기념품이나 사진 같은 건 남지 않았지만 수호에게는 지금껏 살아오면서 경험한 유일한 여행이었다. 피에로가 없는 삶에 그녀가 조금씩 익숙해질 거라는 것, 그런 건 아무래도 좋았다.

그녀가 여자에게 모자를 건넬 땐 어떤 감정을 가졌던가. 궁금해졌다. 모자를 주고받으며 내 이야기도 했을까. 모든 것이 모호했지만 그녀가 불쑥 찾아왔을 여자를 냉대하지 않은 건 확실했다. 커피를 마셨을 것이다. 어쩌면 두 사람은 파라솔에 앉아 수호와는 상관없는 사적인 고민을 나누면서 오래 사귄 친구처럼 웃었을지도 모른다. 수호가 가장 바라는 상황이었다. 그럴 때, 가상의 기차는 그들을 에워싸며 철컹철컹, 은밀하게 지나갔을 것이고 그녀는 잠시 심각한 얼굴로 어머니를 생각했을지도 모른다.

거기도 여름이 끝나 가요?

수호는 오랜만에 자신의 번호로 문자를 보냈다. 금세 액정에 뜨는 글자들은 도착한 곳이 출발한 곳인 줄도 모르는 눈먼 물고기들 같았다. 메시지를 삭제한 뒤 수호는 다시 썼다. 새로 쓴 문장을 수호는 가만히 내려다봤다. 액정은 금세 어두워졌고, 어쩌면 진심에 가까웠을 그 문장은 수면 아래로 침잠했다. 수호는 휴대전화를 도로 주머니에 넣었다. 발송되지 않은 메시지가 들어 있는 휴대전화가 무거웠다.

여자가 보람연립에서 나온 건 대기가 어두워지면서 오르막길의 가로등들이 일제히 켜진 뒤였다. 다행히 주차장은 충분히 어두워서 수호만 여자를 알아봤을 뿐, 여자는 수호를 보지 못했다. 여자의 옷차림은 바뀌지 않았지만 모자는 보이지 않았고, 대신 무거워 보이는 쇼핑백이 눈에 들어왔다. 수호는 이번에도 10미터 정도 간격을 유지하며 여자를 따라갔다. 여자는 딱 한 번 멈춰 서서 휴대전화로 누군가와 오랫동안 통화를 했지만 그 외엔 쉬지 않고 걷고 또 걸었다. 30분 가까이 여자를 부지런히 따라가다 보니 여자가 어디로 가는지 분명해졌다.

바람이 선선했다.

바람이 가는 곳은 여름의 끝일 터였다. 이제 여름은 설산이나 사막보다 더 먼 곳처럼 느껴졌다. 언제였던가. 밀폐된 방에서 노인의 모습으로 죽어 가는 꿈을 꾸었던 가구점에서의 어느 날이 떠올랐다. 가엾다고, 그때 수호는 생각했었다. 타인의 애도나 눈물 없이 죽어 가는, 혹은 이미 죽어 버린 노인이 아니라 그 노인의 세계가 담긴 오르골을 품에 안고 있던 여자아이가 가엾었다. 그렇게 죽음을 안고 다닌다면 살아 있는 매 순간이 불안과 고독으로 요동칠 터였다. 또다시 넘어질 수밖에 없는 아이, 수호는 생각했다. 그런 아이의 미래를 닮은 사람이 있는 곳, 돌아갈 수 없는 여름에 갇힌 플러스 1150원의 세계, 생각은 그렇게 이어져 갔다. 예상하지 못한 강도로 그리움이 밀려오기 시작했다. 이제 다시는 그 세계로 입장할 수 없다는 것이 새삼 실감 됐다.

수호는 걸음을 멈췄다. 저만치서 여자는 절대로 손에 닿을 수 없는 거리를 유지하며 걸어가고 있었다. 수호는 멀어 지는 여자를 지켜보다가 돌아섰고, 여자가 가는 곳과 반대 방향으로 뛰기 시작했다.

*

옥탑방의 현관문을 손등으로 두드린 뒤 민은 속으로 숫자를 세기 시작했다.

열을 셀 때까지 안에서 기척이 없자, 민은 그제야 가방에서 복사 열쇠를 꺼내 현관문을 열었다. 승무원의 원룸 이후로 오랜만에 다른 생애로의 방문이어선지 잠시 가슴이 뛰었다. 집이 비어 있는 상황은 절반의 확률이었으니 행운이 마지막 관용을 베푼 거라고, 문 안으로 들어와 구두를 벗으며 민은 생각했다. 일주일 전, 공손하게 인사할 줄 알던 그 군인 고객과 이 집을 보러 온 날엔 세입자가 있었다. 옥탑방의 세입자는 30대 중후반으로 보이는 남자였고 직업은 만화가였다. 그가 만화가라는 건 큰 사이즈의 책상에 널려 있던 컷을 나눈 종이와 그리다 만 여러 캐릭터, 펜과 잉크를 보고 알았다. 만화가 외에 다른 거주인은 보이지 않았지만 커플이 사는 집이란 건 세입자의 직업만큼이나 쉽게 파악할 수 있었다. 욕실엔 색깔만 다른 똑같은 디자인의 슬리퍼 두 쌍이 나란히 놓여 있었고 컵과 그릇과 수저도 모두 짝을 이루고 있었다. 내내 입을 꽉 다물고 있던 세입자는, 집을 다 둘러본 민과 고객이 신발을 찾아 신을 때에야 조용하고 깨끗한 집이니 살다 보면 후회하진 않을 거라고 말을 건넸다. 큰 용기를 냈다는 듯, 그 말을 할 때 만화가의 얼굴은 부자연스럽게 밝았다. 그날 군인 고객은 계약을 포기했지만 민은 처음 본 순간부터 이 집에 매혹되어 있었다.

장부의 내용을 상기하거나 중개 수수료를 계산하는 평소의 습관을 잊은 채, 민은 그저 느긋하게 집을 둘러봤다. 두 개의 방, 그리고 주방과 욕실로 구성된 만화가의 집은 전체적으로 담백한 욕망을 품고 있었다. 화려한 가구나 장식용 소품 같은 게 보이지 않았고 옷장 안은 무채색의 옷으로만 채워져 있었으며 냉장고엔 큼직한 덩어리째 굴러다니는 식재료가 없었다. 만화가의 집에 차고 넘치는 건 미런뿐이었다. 단 5분 만에 민은, 만화가의 연인이 최근에 이 집을 떠났다는 걸 알아챌 수 있었다. 여성용 소모품이라든 지 여름에 입을 만한 여자 옷이 없었고, 무엇보다 집 안의 거의 모든 사물들에서 두 번째 거주인의 손길을 기다리는 간절한 신호 같은 게 감지됐다. 실밥이 매달려 있는 식탁 보, 꽉 짜지 않은 행주, 뚜껑이 올라가 흉물스럽게 보이는 변기, 기울어진 채 걸려 있는 액자……. 그러니 짝을 맞춘 슬리퍼와 식기 도구는 모두 미련의 증거물에 불과했던 셈 이다. 아무래도 오늘 거주하게 될 30분짜리 생애의 주인공 은 만화가가 아니라 실연한 남자가 될 것 같다고 민은 생 각했다.

마지막이었다.

한 시간 전에 점심을 먹고 오겠다며 중개 사무소를 나 선 민은 이제 다시는 그곳으로 돌아가지 않을 생각이었다. 사직서를 따로 내지 않은 건, 수명이 다한 프린터나 커버 가 닳은 소파처럼 정 대표의 일상에서 조용히 사라지고 싶 었기 때문이다. 일을 배우며 근무한다는 조건으로 계약서 를 따로 쓰지 않았으니 그가 정산해 줄 퇴직금이 없기도 했다. 정 대표는 눈치채지 못했겠지만 민은 이미 정 대표에 게 마음으로 작별 인사를 했다. 방석과 담요, 머그잔 같은 개인용품은 어제 퇴근하면서 가지고 나와 집 근처에 있는 의류 수거함과 재활용 분리수거함에 넣었고, 틈틈이 해 오

여름의 끝   199

던 서류와 장부 정리도 이미 모두 끝내 놓았다. 많은 시간이 흐른 뒤, 정 대표가 능력도 없으면서 수시로 자리를 비우곤 했던 천덕꾸러기 직원이었다고 민을 회상하며 호탕하게 웃는다면 좋겠다고, 중개 사무소를 떠나오며 민은 바랐다.

조금 전에 대충 훑어보고 만 만화가의 욕실 앞으로 민은 다시 걸어갔다. 세입자가 주로 집에서 일하는 걸 뻔히 알고 있는 데다 혼자 사는 집이 아닐 거라고 추측했으면서도 위험을 감수하면서까지 이 옥탑방을 마지막 순례지로 삼은 건, 오로지 이 욕실 때문이었다. 고객과 함께 만화가의 집을 찾아온 날부터 이 욕실의 욕조에서 5분만이라도 자고 싶다는 욕망이 시작됐다. 흰색의 레이스 커튼 안쪽에 자리한 욕조는 신비스러워 보이는 암청색이었고, 욕조에 누우면 바로 눈에 들어오는 천장에는 행성들 사이를 가로지르는 거대한 우주선 그림으로 도배되어 있었다. 그림은 영화 포스터처럼 정교했다. 아마도 어느 볕 좋은 날, 만화가는 의자를 놓고 올라가 직접 완성한 저 그림을 천장에 붙였을 것이다. 도배가 완성된 순간, 만화가의 연인은 박수를 치며 환호했을지도 모르겠다. 누가 상상할 수 있을까. 허름한 연립주택의 낡은 옥탑방 안에 우주선이 지나가는 근사한 욕실이 있다는 걸 말이다. 가난한 무명 만화가와 그의 연인은 밤마다 욕조에 나란히 누워 천장을 올려다보며 단둘만의 우주여행을 떠났을 것이다. 그들이 누렸을 욕조의 시간이 민은 부러웠고, 동시에 애틋했다.

욕조는 오랫동안 쓰지 않았는지 물기 없이 바짝 말라 있었다. 욕조 안으로 들어가 무릎을 보듬고 앉은 뒤 천천히 고개를 뒤로 젖히자 우주의 문이 활짝 열리면서 은밀하게 민의 몸을 끌어당겼다. 이제 눈을 감고 5분만, 딱 5분 동안만 잠에 들면 되는 것이다. 알 수 있었다. 어머니의 몸 속에서 눈을 뜨는 꿈을 꾸게 되리란 걸, 민은 확신했다. 우주로 이어지는 욕실이 아니라면 대체 어디에서 그 꿈을 다시 꿀 수 있단 말인가. 어머니가 진통을 참으며 몸을 뒤틀던 그 응급실로 되돌아간다면, 그럴 수만 있다면, 민은 옆 침대에서 홀로 죽음과 대면했던 노인에게 작별의 인사를 전하고 싶었다. 지독하게 쓸쓸했을 그 노인에게 말 한마디 건네지 못한 것이 오랫동안 민을 괴롭혀 왔다. 어쩌면 노인은 먼 미래, 늙고 병든 민의 얼굴을 하고 있을지도 몰랐다. 끝내…….

끝내, 잠은 오지 않았다.

민은 도로 눈을 떴다. 찰랑이는 거품을 상상하며 잠시 손장난을 치다가 바지 주머니에 넣어 둔 휴대전화를 꺼내 인터넷에 접속했다.

불과 한 시간 전에 C사와 C사의 노조를 둘러싼 해고 무효 확인 재판이 있었다. 포털 사이트 검색창에 그 회사의 이름을 입력하자 이제 막 송고된 기사가 하나둘 뜨기 시작했다. 그중에 노조 측 증인으로 종우의 이름과 전 직장명이 기재된 기사가 있어 민은 자세를 바로하고 화면을 확대했다. C사와 관련된 기사나 뉴스에서 종우의 이름을 발견한 건 처음이지만 민은 그리 놀라지 않았다. 그의 지난여름이 끝나지 않았을 거란 건 오래전부터 예감했으므로, 오히려 이런 상황이 당연한 것처럼 여겨졌다. 민은 계속해서 기사를 찾았다. 재판은 상고를 거듭하다가 대법원으로까지 이어질 가능성이 높다는 기사에서 민의 눈길은 오래 머물렀다. 결국 시간을 견디는 자가 이기는 게임인 걸까. 그러나 기다림의 시간과 평행을 이루며 증폭되어 가는 해고된 자들의 궁핍과 박탈감은 게임의 결과와는 상관없이 패배감을 안길 터였다. 승패가 결정될 때까지 패배의 몫을 미리 지불해야 하는 이상한 게임, 그 한가운데 종우도 서 있었다.

현관문 두드리는 소리를 들은 건, 욕조에서의 수면을 결국 향유하지 못하고 만화가의 생애에서 떠날 차비를 하고 있을 때였다. 민은 그대로 멈춰선 채 탕, 탕, 울리는 소리를 듣다가 발소리를 조심해 가며 현관문 앞으로 걸어갔고 숨죽인 채 걸쇠를 걸었다. 집에 있구나. 걸쇠에서 손을 뗀 순간, 현관문 밖에서 여자 목소리가 들려왔다. 민은 하얗게 질린 얼굴로 몇 걸음 뒤로 물러났다.

"잘 지내니? 나는……"

나는, 말해 놓고 입을 꾹 다문 듯 여자의 목소리는 잠시 중단됐다. 나는, 하고 여자가 다시 말을 잇기 시작한 건 2~3분의 침묵이 흐르고 나서였다. 만화가의 집을 떠날 수밖에 없었던 이유, 헤어지고 나서 알게 된 것들, 마음처럼 금세 돌아오지 못했던 사정, 여자의 이야기는 그렇게 이어져 갔다. 민은 어느새 바닥에 앉아 여자의 이야기에 정신을 집중했다. 무단 침입이라는 정황만 들키지 않을 수 있다면 모두 녹음해 두었다가 만화가에게 전해 주고 싶은 심정이었다. 불안감은 이미 사라지고 없었다. 여자가 여분의 열쇠를 갖고 있지 않을 리 없었다. 언제라도 문을 따고 안으로 들어올 수 있을 텐데도 문밖에서의 독백을 선택한 건 연인의 영역을 존중하려는 배려 때문이었을 것이다.

긴 이야기를 마친 여자가 또 오겠다는 인사를 하고 돌아간 뒤 시간을 확인하니 만화가의 생애에 거주한 지 어느새 한 시간이 다 되어 가고 있었다. 조금이라도 더 지체한다면 외출했다가 귀가하는 만화가와 마주치는 상황이 벌어진대도 이상할 게 없었다. 마음은 조급했지만, 그렇다고 이대로 떠날 수는 없었다. 민은 신발장에서 여자의 것으로 짐작되는 실내용 슬리퍼를 꺼내 놓았고 쿠션과 베개를 형클었으며 식탁 위 컵에 물을 따라 놓기도 했다. 애인이 다녀갔다고 생각할 만화가가 당장 그녀에게 전화하기를 바랐지만, 그것을 선택하는 건 이제 그의 몫이었다. 옥탑방에서 내려온 뒤엔 가방에 넣어 둔 이연주의 고깔모자를 꺼내 깊게 눌러쓰고는 큰길까지 쉬지 않고 달렸다. 큰길로 접어들면서 조마조마했던 마음은 진정됐지만 모자는 벗지 않았다. 사람들은 특이한 디자인의 모자에 시선이 빼앗겨 정작 모자 아래 얼굴엔 관심을 기울이지 않았다. 모자는 오히려 사람들의 시선으로부터 민을 보호해 주는 것 같았다. 이연주가 왜 이 모자를 아꼈는지 민은 이제야 알 것 같았다.

계속 걸었다.

이제 민이 들를 곳은 두 군데 남아 있었다.

은희 할머니 집에 가기 전엔 두 사람이 넉넉히 먹을 수 있을 만큼 찬거리를 샀다. 오늘의 저녁상을 위해 민은 이미 많은 것을 준비해 두었다. 시간이 날 때마다 칼과 도마, 프라이팬과 냄비, 간장과 소금과 설탕, 그리고 휴대용 가스레인지와 돗자리를 보람연립 301호에 미리 가져다 놓았고 며칠 전부터는 제사 음식 요리를 보여 주는 유튜브를 반복해서 보기도 했다.

301호의 손상된 현관문 손잡이는 오늘도 수리되어 있지 않았다. 누군가, 아마도 감시의 시선이 제거된 공간을 찾던 아이들이 손잡이를 부수고는 밤마다 이곳을 들락거렸을 것이다. 철거 예정일이 보름 앞으로 다가왔으니 손잡이는 그때까지 수리되지 않은 채 방치될 것이고, 301호는 크고 작은 일탈 행위에 이용될 터였다. 일단 재건축에 합의한 연립주택부터 철거를 시작하기로 했다는 소식을 들은 게 불과 며칠 전이었다. 철거가 본격화되면 재건축에 합의하지 않은 가구와도 협상이 쉬워질 거라고 시공사는 판단했을 것이다.

그럼, 103호는요?

정 대표와 이 근방에 아파트를 세 채나 보유하고 있는 중년의 사내가 그런 대화를 나누고 있을 때 민이 끼어들자, 정 대표는 보람연립 103호는 이미 오래전에 재건축에 동의했노라고 알려 주었다. 그러나 정 대표는 현재 103호에 거주하고 있는 세입자에 대해선 아무것도 알지 못했다. 동욱은 어디로 가는 걸까. 궁금했지만 물어볼 곳이 없었다.

부서진 현관문을 당겨 안으로 들어서자 싸늘한 기운이 온몸에 감겼다. 그럴 만했다. 301호엔 가구나 가전제품이 하나도 남아 있지 않았고 문은 모두 떼어져 있었으며 창문도 반 이상이 깨진 상태였다. 남아 있는 거라곤 싱크대와 세면대, 변기 같은 시설물뿐이었다. 어제처럼 301호 여기저기엔 빈 술병과 담배꽁초가 널려 있었고 구겨진 본드 튜브도 보였다. 민은 찬거리를 들고 싱크대 앞으로 걸어갔다. 전기는 들어오지 않았지만 다행히 수돗물이 나왔다. 민은 집에서 가져온 초를 켜 놓은 뒤 본격적으로 요리를 시작했다. 돼지고기 산적, 소고기 뭇국, 고사리와 숙주나물, 호박

전과 두부전을 해야 했고 밥도 지어야 했다. 밤이 깊어지기 전에, 그래서 잔뜩 분노한 아이들이 몰려오기 전에 요리를 마쳐야 한다는 생각에 마음이 조급했다.

하나같이 처음 해 보는 요리였지만 세 시간 정도가 흐르니 얼추 음식이 완성되어 갔다. 산적과 전은 탄 부위가 많았고 나물은 짜거나 싱거웠지만 음식이 따뜻해서인지 먹기에 나쁘지 않았다. 돗자리를 깔고 음식을 그 위에 올렸다. 음식 뒤에 사진을 둔다면 더 좋을 테지만 구할 곳이 없었다. 민은 임시방편으로 가방 안에 있던 메모지에 각각 '장은희', '한성호'라고 쓴 뒤 음식 뒤에 세워 놓았고, 그 이름들을 보며 두 번씩 절을 올렸다. 촛불이 크게 한 번씩 일렁일 때마다 은희 할머니와 그 노동자가 잠시 301호에 들른 거라고 민은 믿었다.

믿기로 했다.

한동안 음식 앞에 무릎을 꿇고 앉아 있던 민은 어둠이 짙어질 무렵 자리에서 일어났다. 음식은 도로 밀폐 용기에 담아 103호 현관문 앞에 갖다 놓았다. 103호의 초인종을 누르자마자 재빨리 계단을 뛰어올라갔으므로 동욱의 얼굴은 보지 못했다. 당분간은……. 301호로 돌아온 뒤 민은 생각했다.

당분간은, 차거나 변질된 음식 따위 먹지 않아도 될 것이다.

설거지를 마친 뒤엔 식기와 양념통, 휴대용 가스레인지와 돗자리를 쇼핑백에 넣어 301호를 나왔다. 가구점으로 걸어가는데 휴대전화가 울렸다. 액정에는 민을 고용하기로 했던 대학 선배의 번호가 뜨고 있었다. 어제처럼, 어제의 어제처럼 민은 전화를 받지 않았다. 몇 번 울리다가 저절로 끊긴 휴대전화를 가만히 내려다보다가 은희 할머니의 번호를 찾아 통화 버튼을 눌러 보았다. 없는 번호이니 다시 확인하라는 기계적인 목소리를 들으며 민은 속삭였다. 저예요, 할머니. 부른 뒤, 민은 만화가의 집에서 읽은 기사 이야기를 했다. 이야기는 자연스럽게 종우와 만나고 헤어진 과정으로 이어졌다. 긴 시간이 흘렀다. 그런데, 저는 이제 어디로 갈까요, 할머니? 이야기 끝에서 민은 주저하며 물었다. 전파가 흐르지 않는 진공 같은 은희 할머니의 세계에선 아무런 응답이 없었지만 상관없었다. 할머니에게 말하는 동안 민은, 종우가 지금 거주하고 있는 증인의 생애가 그와 제법 어울린다는 생각을 했고 앞으로도 그 생각이 변하지 않으리란 걸 깨달았다. 그것으로, 충분했다.

　가구점은 공사 중이었다. 공사는 오늘 착수되었는지 인부들이 알전구를 켜 놓고 천장과 바닥을 부수는 모습이 보였다. 목수나 수호가 어딘가에 숨어서 허물어지는 가구점을 지켜보고 있을 것만 같아 민은 가구점 앞을 서성이며 주위를 두리번거렸다. 한참을 두리번거리다가 문득 이상한 느낌에 악수를 하듯 오른손을 뻗어 밤의 대기 속으로 넣어 보았다. 어제와는 또 다른 온도의 바람이 손안에 잡혔다. 그제야 여름의 끝에 가까스로 매달려 있다는 게 실감됐다.

민은 몸을 틀어 버스 정류장 쪽으로 걸어갔다.

새롭게 시작된 길은 기차처럼 칸과 칸으로 이어져 있었다. 대학생, 헤어 디자이너, 요가 강사, 호프집 주인, 대형 마트 계산원, 휴대전화 판매원, 승무원, 그리고 오늘 지나온 만화가의 생애가 기차 칸 하나씩을 차지하고 있었다. 칸에서 칸으로 이동할 때마다 작은 죽음이 지나갔고 민은 그 모든 죽음에 균일한 분량의 애도를 표했다. 마지막으로 중개 사무소 직원의 칸을 지나가자 견디기 힘든 상실감이 밀려왔다. 민은 걸음을 멈춘 채 한손으로 옷의 앞섶을 쥐어 잡으며 목을 타고 올라오는 흐느낌을 억누르기 위해 애썼다. 그리고…….

내가 살았던 집,

의지와 상관없이 태어나 혼돈 속에서 살다가 쓸쓸하게 죽었던 오직 나만의 거주지, 여름.

그렇게 말했다.

서로에게 번지는

김요섭(문학평론가)

어쩌면 진심이란 단순한 것인지도 몰랐다. 살아 있는 것 같아. 민은 속으로 말했다. 사는 게 진짜 같고 아무것도 부끄럽지 않아, 너를 돌보고 있는 지금 이 시간이.

— 157쪽

1 유리로 된 벽을 두고

『여름을 지나가다』의 인물들이 살아가는 세계는 투명하다. 소설이 품고 있는 도시의 풍경은 분명 누군가에게는 그 안에 서 있을 자리를 내주지 않고, 목소리를 듣지 못하게 하는 격벽에 둘러싼 공간이다. 하지만 그 단단하고 투명한 세계는 무언가를 아주 흐릿하게밖에는 감출 수 없다. 그래서 그 세계에서는 가장 보호받아야 하는, 새롭게 태어날 아이조차 삶의 위태로운 순간을 그대로 마주하게 한다. 그러니까 민이 가지고 있는 최초의 기억, "어머니의 캄캄한 몸 안으로 눈부시게 환한 빛이 스며들어 온 순간"에 민이 들었던 "누군가의 마지막 숨소리"(7쪽)처럼. 한 생애가 끝나는 순간과 한 생애가 시작하는 순간을 그대로 겹쳐 놓는 투명한 세계에서 민과 수호, 연주는 살아가는 것이다.

세계의 투명함은 그곳을 살아가는 이의 시야 안에 자신이 겪었던 것과 타인이 겪는 것, 그래서 자신이 겪게 될 것을 하나의 이미지로 묶어 낸다. 움직이지 않는 그림 속에서도 시간의 흐름을 관찰할 수 있듯이, 우리가 마주하는 투명한 세계 속 개별의 경험들은 연속된 그림처럼 겹쳐진다. 시간의 축으로 겹쳐지는 타인의 모습은 나와 너무 닮아서, 자신의 생애를 압축해서 말해 주곤 한다. 그리하여 타인의 현재는 나의 자명한 미래로 비춰진다.

생의 시작은 어머니의 뜨거운 숨결로 보호받지만 그 끝에서는 철저하게 혼자일 수밖에 없다는 것이 마치 하나의 불가해한 기호처럼 민의 여린 심장에 각인되어 갔다. 민의 수명을 측정할 세계의 시계는 아직 작동도 되지 않았지만 민은 이미 그 모든 시간을 경험한 듯 피곤했고, 또한 막막하게 슬펐다.

── 8쪽

서로의 삶이 겪는 불안은 너무나 쉽게 침투해 오지만,
그들은 자신의 자리에서 멀리 떠나갈 수 없다. "서울은 거
대한 유리 감옥 같았고 살아 있는 한 어디로도 가지 못하
리란 예감"(108쪽)에 사로잡힌 수호의 삶처럼, 도시는 눈감
고 도망치는 일조차 허용하지 않기 때문이다. 그러니까 투
명한 세계는 유리의 벽으로 된 벌집 같아서 서로의 삶을
훤히 바라볼 수 있지만, 비좁은 공간 바깥으로 쉽게 나갈
수 없다. 마치 필름 속의 프레임처럼 투명하지만 넘을 수
없는 격벽 안에서 서로의 움직임을 확인할 뿐이다. 그렇게
서로의 모습은 연속된 필름처럼 누군가는 과거의 장면으
로, 누군가는 미래의 장면으로 배치되어 조로(早老)하여
지쳐 버린 삶을 미리 경험한다.

필름을 이어 붙인 듯 투명한 유리의 벽 너머로 보이는
타인은 자신의 무너져 내린 미래로 존재한다. 그렇다면 이
투명한 세상에서 나의 삶은 온전히 나일 수 없는 것일까?
역설적이게도 투명한 세계는 나를 나로, 타인을 타인으로
고립시켜 서로에게 닿지 못하는 조각들로 나누고 있다. 아
무리 달려도 필름의 다음 프레임으로 넘어갈 수 없는 것처
럼, 투명한 유리의 벽 너머에서 선명하게 보이는 타인의 미

래로 손을 뻗을 수 없을 것이다.

누군가는 그녀를 속일 것이고 누군가는 그녀에게서 소
중한 것을 빼앗아 갈 것이다. 그녀를 무시하고 외면하고 비
웃는 사람들은 끊임없이 나타날 터였다. 그럴 때 수호는 그
녀 곁에 있을 수 없었다. 그녀를 일으켜 세워 주고 먼지를
털어 주는 일은 수호의 몫이 아니었다.

— 179쪽

『여름을 지나가다』는 '보는 것'은 가능하나 '연결되는 것'
은 어려운 도시에서, 유리와 빛의 얽힘을 통해 삶을 조망
한다. 조해진의 소설을 함께 따라 읽어 온 독자라면, 아마
도 빛이라는 만남의 매개가 반복되었다는 사실이 떠오를
것이다. 「빛의 호위」의 카메라부터, 『단순한 진심』의 스크
린에 비치는 영사기의 빛까지. 지난 몇 년간 조해진의 소
설에서 빛은 타인을 응시하고 또 그리다가 서로를 지키게
했던 어떤 힘이기도 하다. 그러니까 『로기완을 만났다』에
서 '나'를 로기완에게로 이끌어 주었던 일기장의 자리가
「빛의 호위」를 기점으로 빛과 빛을 뿜어내는 사물들로 옮
겨 가고 있다. 그러므로 조해진의 여섯 번째 책이었던 『여
름을 지나가다』는 빛의 포착(카메라)을 빛의 재현(영사기)
으로 이어지게 유리의 벽(렌즈)와 같은 작품으로 기억해야

할 것이다. 그래서일까? 『여름을 지나가다』에서 각자의 벽 안에서 살던 인물들이 서로 만나게 되는, 이야기의 중심이 되는 공간인 가구점에서는 유리를 투과한 빛이 아름답게 산란하여 무지개로 흩어진다.

어디로 가는지 알 수 없는 무지개를 눈으로 좇다 보면 잠시나마 잊을 수 있지 않을까. 과오나 거짓을, 후회와 미련을, 혹은 삶의 스위치가 꺼질 때까지 부둥켜안고 있어야 하는 한 인간의 어리석음을, 그 전부를.

— 13쪽

자신이 서 있는 유리 바깥을 바라보는 시선은 타인을 향한 듯하지만, 사실 그 시선은 다시 자신에게 돌아온다. 투명한 세계에서 우리가 마주할 수 있는 타인의 삶은 조각난 순간뿐이다. 이미 결정된 자신의 과거를 떠올리며 타인의 현재를 예측하거나, 타인의 현재를 통해 곧 절망할 자신의 미래를 예측하며 지쳐 가기도 한다. 하지만 조해진은 시작과 동시에 모든 것이 끝난 것처럼 보이는 투명한 유리의 세계가 각자의 파장을 가리고 있는 방식을 깊이 파고들어 간다. 다른 매질을 통과하여 산란하는 빛은 무지개로 흩어지면서, 동질적이고 투명해 보였던 서로의 삶이 가지고 있었던 다른 파장을 바라보게 한다. 그러니까 그들이 서로의 얼굴을 비출 수 있도록.

2 거울이 아니었던들

유리의 벽 너머에 보이는, 자신의 미래 혹은 과거와 겹
쳐지는 타인이 있다면 그는 거울 속의 자신처럼 보일지 모
른다. 혹은 거울 속의 자신이 내가 아닌 다른 누군가라는
생각에 사로잡힐지도 모른다. 투명한 세계를 살아가는 이
소설 속의 인물들은 타인과 자신을 겹쳐 놓기도 하고, 때
로 자신을 타인으로 분리하기도 한다. 타인의 방으로 가서
30분간 그곳의 주인이 된 것처럼 살아가는 민, 그리고 거
울 속의 자신을 피에로라고 부르는 수호 모두 자신과 타인
의 경계를 쉽게 지워 버리는 인물들이다. 조해진의 소설에
서 타인을 흉내 내는, 타인의 삶을 살아 보려는 인물이 등
장하는 것은 낯설지 않다.『로기완을 만났다』의 '김작가'는
탈북 난민인 로기완을 만나기 위해서 그의 일기장을 손에
쥐고 그가 떠돌던 벨기에 브뤼셀의 거리를 걸어 다닌다. 그
를 따라함으로써 이해할 수 있으리라 생각하기 때문이다.
그러나 타인의 삶을 사는 민도, 타인의 신분으로 일을 하
는 수호도 자신이 따라하는 이를 이해하고 싶은 것은 아
니다. 단지 자신의 삶으로부터 도망치려는, 그리고 거기서

도망칠 수 있다는 믿음을 남겨 놓게 하는 "현실을 빠져나갈 수 있는, 폭은 좁지만 수많은 전등이 달려 있는 환상적인 빛의 통로"(38쪽)이길 바랄 뿐이다.

그러나 타인의 삶을 따라한다고 해서, 때로 타인이 된다 하더라도 자신의 삶에서 벗어날 수 있는 것은 아니다. 아무리 타인을 가면처럼 쓰더라도, 그 짧은 순간이 지난 뒤에는 다시 자신의 자리로 돌아와야 하기 때문이다. 박선우의 신분증을 주워서 그의 이름으로 일하는 수호도, 30분간 타인의 방에 들어가 집주인의 삶을 살아 보는 민 역시도 시간이 지나면 각자 자신의 공간으로 돌아가야만 한다. 그리고 때로 타인은 나에게 닥쳐올, 내가 벗어날 수 없는 불길한 미래가 고여 있는 구덩이처럼 멀리 피해 가고만 싶은 모습이기도 하다. 수호가 "반구(半球)의 투명한 세계를 차지하고"(61쪽) 무기력하게 침대에 누워 있는 노인이 된 자신을 보는 악몽을 두려워했듯이 연주는 기차역의 미친 노인이 자신 같았다고 고백한다. 타인이 되는 일은 그저 몇 프레임 앞 혹은 뒤의 장면으로 옮겨 가는 일에 불과할지도 모른다. 거기에는 그저 거울 앞에서 마주해야 하는 불쾌하게 늙고 지쳐 버린 자신의 얼굴, 나를 원망하고 비난하고 침을 뱉는 얼굴만이 있을지도 모른다.

고개를 들자 먼지로 뿌연 거울이 보였다. 의자에 앉아 화

장대 위 스탠드를 켰다. 개새끼. 환해진 거울 속에서 남자가
입술을 비틀며 말했다. 퉤. 그 남자는 침도 뱉었다. 안에서
부터 혐오감을 끌어와 있는 힘껏 내뱉는 탁한 침이었다.

— 126쪽

　　실패한 목수의 아들, 수호는 우연히 습득한 타인의 신
분증으로 살아간다. 아버지의 빚 때문에 신용불량자가 되
어 버렸으므로, 자신의 신분으로는 간단한 일 하나 구할
수 없기 때문이다. '박선우'의 이름으로 일했던 쇼핑몰에서
만난 이연주에게 애정을 품지만, 갑작스러운 충동으로 그
의 카드에서 돈을 인출해서는 도망치고 만다. 왜 그는 연
주를 배신하고 도망쳐야만 했을까? 그가 거울 속의 자신
에 사로잡혀 있기 때문이다. 미래가 없다고 믿는 수호는 그
저 거울이 비추는 모습대로, 그대로 자신을 연기할 뿐이
다. 현금인출기 정면에 설치된 거울 속의 그는 "자신의 본
명이라든지 휴대전화 번호를 그녀가 모르고 있다는 걸 아
는 얼굴"이었고, "지금 당장 비행기 티켓비와 호텔 숙박비
를 치르려면 얼마의 돈이 더 있어야 하는지를 계산하는 얼
굴"(123쪽)이었다. 그는 거울을 보며 필름을 조금 앞으로
감는다. 미래 없는 자신이 외로이 잠겨야만 하는 투명하고
지친 미래의 프레임을 향해서, 연주를 배신하고 떠나는 일
이라는 걸 알면서도 거울 속 자신처럼 행동한다.

아니, 사실 그는 그렇게 행동하지 않는다. 충동적으로 돈을 인출했지만, 새로운 삶을 출발하기에도 여행을 떠나기에도 적은 돈이었다. 그의 행동에 연주만이 아니라 자신도 혼란스럽다. 그는 거울 속의 자신을 따라했다고 생각하지만 갑작스러운 충동과 실수, 당황 때문에 엇나가는 순간이 있었을 뿐이다. 하지만 거울을 보고 있다는 수호의 믿음은 이 모든 상황을 돌이킬 수 없도록 굳혀 간다. 그는 "머릿속 어딘가에 성능 좋은 영사기가 있어 강박적으로 그녀의 시간을 재생하고 있는 것"(124쪽)처럼 자신의 행동이 연주에게 남길 상처와 관계의 끝을 상상하고 또 상상한다. 그렇게 그의 행동은 정해진 미래로 굳어지고 만다. 마치 거울이 사실 그대로의 모습을 보여 주듯이. 수호는 거울이 그대로의 자신을 비추고 있다고 생각한다. 거울 앞에서 여러 가면을 써 보기도 하지만, 자신이 그 프레임 바깥으로 조금도 나갈 수 없다고 믿는다. 그는 아버지의 가구점으로 숨어들고, 그곳에서 민과 만난다.

3 무지개로 번지는 빛이 닿았다

수호의 삶은 거울 안에 갇혀 있다. 투명한 세상이 보여 주는 대로 그는 그저 거울 속의 모습을 반복하려고 한다.

그런 수호와 달리, 민에게 거울은 투명하지만은 않다. 아니 유리를 투과한 빛이 무지개로 산란하는 가구점에서만은 그렇지 않다. 그곳의 거울과 거울 속에 반사된 사람은 흐릿할 뿐이다.

가구점의 잔잔한 어둠, 그 어둠 속에 느슨히 스며 있는 깊은 정적, 그리고 그 앞에 앉은 사람을 성실하게 복원하지 못하는 흐릿한 거울의 불명료함, 민이 좋아하는 건 그런 것들이었다. 흐릿한 거울 속에서 흐릿한 자신이 흐릿한 표정을 지어 보이면 흐릿한 생애가 상상됐다.

—9쪽

수호가 바라보는 세상은 투명한 거울처럼 평면적이다. 그는 유리의 벽으로 둘러싸인 세상을 살지만, 그저 반사되는 장면들이라 여길 뿐이다. 그래서 거울 앞에 다른 가면을 쓰고 서 있는다. 그래야 다른 풍경이 그에게 펼쳐질 수 있다고 믿는 것처럼. 그러나 민이 바라보는 거울은 흐릿하다. 거울 속에 흐릿하게 비치는 타인을 보기 위해서 뚜렷하지 않게 뭉개진 얼굴의 윤곽을 상상으로 채워야 한다. 그렇게 흐려진 만큼이나 타인에 대한 민의 상상은 입체적인 방식으로, 그가 머무는 공간을 통해서 상상된다. 수호가 바라보고 상상하는 타인은 평면적 거울의 상과 같다면, 민은 유리로 된 벽 안의 타인의 장소를 두리번거리며 흐릿한 상에서 보이지 않던 그의 모습을 채워 간다.

삶이란 결국, 집과 집을 떠도는 과정이 아닐까.
타인의 집에 발을 내딛는 순간이면 민은 그런 생각에 잠기곤 했다. 한 시절 거주한 집은 그대로 삶의 일부가 되고, 그런 의미에서 이 세상의 모든 집은 존재의 시간을 증명했다.
——44쪽

결혼을 약속했던 종우와 헤어진 이후, 회계법인을 떠나 무작정 중개 사무소에서 일을 시작한 민은 고객들의 집에 은밀하게 침입한다. 그는 30분 동안, 타인의 공간에서 타인으로 태어났다가 이내 짧은 삶을 끝내고 다시 중개 사무소 직원이라는 배역으로 돌아온다. 종우와 함께하는 삶을 꿈꿨지만, 바로 그 "사람을 그가 소속된 공동체로부터 추방한 적이 있"(46쪽)던 민은 타인과의 거리를 좁히지 못한다. 그는 타인의 공간에 들어가 삶을 따라 하며 그 경험을 수집하지만, 타인과 함께하려고 하지 않는다. "한 발만 잘못 디디면 계획에도 없던 다른 종류의 삶으로 빨려 들어가는 허약한 지점들이 우리의 인생에는 생각보다 많이 숨겨져 있다"(51쪽)는 사실을 너무 잘 알고 있기 때문이다. 회계법인의 부하 직원이던 약혼자 종우가 C사 구조조정의 근거가 된 회계보고서가 조작되었다는 고발을 막으려던 민의 실수로 그와 자신 모두가 회사 바깥으로 밀려 나왔기 때문이다. 종우와의 삶을 지키려던 자신의 행동이, 결국 해고된 노동자를 죽음으로 몰고 간 것이라는 죄의식이 민을 짓누른다. 그래서 민은 "끝까지 책임을 질 수 없는 선의는 결국 모두에게 고통이 될 뿐"(73쪽)이라는 것을 알게 된 사람이다.

타인의 삶에 연루되고 싶지 않았던 민이 수호의 삶에 개입하게 된 것은 그와 같은 공간을 나누어 썼기 때문이다. 수호의 아버지인 실패한 목수가 자신의 모든 것을 쏟아 부어서 만든 가구점. 그곳에서 빛나는 무지개와 민의 허락 없는 방문을 눈치 채고도 서로의 작은 호의를 보여 주었던 목수. 민의 침입을 눈치 챈 것은 목수가 아닌 수호였고, 서로에게 보여 준 선의의 출처는 그의 상상과는 다른 것이었지만 그것이 중요하지 않았다. 민은 타인을 향한 선의를 더 지켜 갈 수 없을 것이라 생각하면서도, 상상 속의 목수에게는 "화분을 외면하지 않고 조건 없이 보살펴 줄 것이라고 확신"(74쪽)을 품는다. 그리고 그 확신처럼 민의 상상 속에서 목수가 된 수호는 화분을 지켰기 때문이다. 흐릿한 상으로만 보이는 타인은 실제와 다른 모습으로 상상된다. 수호는 목수가 아니다. 그러나 그 흐릿함을 대신해서 채우는 공간은 타인의 진짜 모습에 대해 더 많은 것을 알려 준다. 수호가 거울 속에서 봤던 자신보다 더 선명한 그를.

그러나 수호가 거울 속의 그와 다른 사람이라는 것이, 민이 그의 삶에 깊이 개입해야 할 이유는 아닐지도 모른다. 마음을 의지하던 은희 할머니에게는 거리를 완전히 좁히지 않던 민이었으니까. 하지만 같은 공간에 있다는 것, 그래서 타인의 삶에 깊이 연루되었다는 사실에서 민은 도망치지 않는다. 수호가 바로 그 공간에 숨어들었고, 같은 공간 안에서 민의 행동이 이미 수호의 삶에 개입했으므로. "그러니까, 나는 그냥 도리를 하고 있는 거예요."라고 민은 말할 수 있다. 그는 "수호의 현재 상황을 가장 잘 아는 사람이었고, 버려진 가구점에 쓸모없는 시간을 위탁한 경험을 공유했다는 점에서 수호와 닮은 사람이기도 했"(159쪽)으므로. 도시의 삶은 유리의 벽에 막혀 있지만, 서로를 비추는 빛으로 연결된 이들의 삶은 얽혀 있다. 민에게 죽은 C사 노동자의 그림자가 떠날 수 없는 것도, 그가 의도치 않게 드리운 빛을 가리며 죽은 자의 삶에 짙은 그림자를 남겼기 때문이다. 그래서 민은 수호에게, 은희 할머니에게, 죽은 노동자에게 다해야 할 도리가 있음을 깨닫는다.

하지만 민이 다하는 도리는 타인을 구원하는 일이 아니다. 단지 그들이 거울 속에서 반복되는 똑같은 모습이 아니라 각자의 생애로 빛을 내었음을 알게 하고, 또 바라보는 것이다. 수호가 거울에 비친 피에로처럼 모멸을 감내해야 하는 이가 아니었음을, 연주가 상상된 영사기 속의 모습과는 다르게 수호를 향하고 있음을 알게 하는 것. 사라진 삶에 대해 애도하고 예를 갖추는 것. 고개를 돌리면 돌아가는 앞 장면의 필름이 아니라 각기 다르게 기억해야 할 삶을 민은 바라본다. 그렇게 도리를 다하는 일이, 그들의 삶에 기운 위태로움을 밀어내지는 못한다. 하지만 자신의 삶이 거울 속에 닫혀 있다는 무기력으로부터 그들을 지키는 작은 힘이 되어 줄 것이다. 그렇다면 삶을 둘러싼 유리의 벽은 거울이 아니다. 서로가 보내는 빛은 서로 다른 입사각으로 유리의 벽을 통과하며 서로 다른 빛의 파장으로 굴절된다. 그들이 모여든 가구점에 빛나던 무지개의 시간은 그렇게 서로에게 번지는 빛의 파장들이다. 조해진은 그렇게 서로에게 번지는 빛이 어떻게 다른 이를 지킬 수 있는가를 『여름을 지나가다』의 다음 작품인 『단순한 진심』에서 선명하게 보여 준다.

연희가 내게서 백복희를 찾았듯 나 역시 연희에게서 박수자, 그리고 때로는 리사를 떠올렸다는 걸 천천히 상기했다. 내 안의 빛이 연희에게로 옮겨 갔다면, 그건 박수자와 리사의 힘이기도 했다.[1]

---

1 조해진, 『단순한 진심』(민음사, 2019), 229~230쪽.

조해진이 빛의 얽힘으로 서로를 지키는 우주를 짓는 과정을 사랑스럽게 읽었다면, 그 빛의 파장이 굴절되었던 이 렌즈를 바라보기를 권한다. 차가운 유리의 벽을 넘어서 비추는 빛이 어깨에 드리울 것이다. 그 빛의 따스함이 어깨로 번질 것이고, 고개를 돌려 보면 무지개의 빛깔이 그곳에 피어 있음을 보게 될 것이다.

『여름을 지나가다』는 2015년에 문예중앙에서 출간된 책입니다. 출간된 지 5년여 만에 개정판을 준비하면서 원고를 검토하고 수정하는 동안, 그사이에 변한 것과 변하지 않은 것에 대해 생각해 보곤 했습니다.

변하지 않은 것 중 하나는, 이 소설을 처음 구상할 무렵 제가 도시에 살면서 느꼈던 거주지의 불안함이 지금도 이 세상 곳곳에서 재현되고 있다는 것입니다. 집은 존재를 증명하는 공간인 동시에 계급의 척도랄지 가장 안전한 투자처가 되기도 한다는 것, 그래서 거대한 불평등의 고리로서 작동할 때가 많다는 건 그대로일 테지요.

소설에서 하나의 모티프가 된 노동자의 죽음 역시 현재에도 목도되는 현실입니다. 소설을 처음 쓸 때는 쌍용차 해고 노동자들의 연이은 죽음을 다룬 공지영의 『의자놀이』(2012, 휴머니스트)와 이창근의 『이창근의 해고일기』(2015, 오월의봄)에 많은 도움을 받기도 했습니다.

저에게 『여름을 지나가다』에서 가장 아끼는 한 문장을 고르라고 한다면, 그 문장은 이것입니다. "남자는 죽었고, 한 인간의 죽음을 우리는 다리인 양 건너갈 수가 없으므로……."(156쪽) 한 사람의 죽음을 되돌릴 수는 없지만 그 죽음이 끊임없이 환기될 수 있도록 문장들을 보태고 싶었습니다, 초판 '작가의 말'에서 저는 타인의 고통에 대해 쓴다는 것이 공감의 능력을 과시하려는 것에 지나지 않을까 봐 걱정된다고 적기도 했는데, 걱정하는 그 마음은 여전하지만 2020년의 저는 그런 걱정을 뛰어넘는 곳에 문학의 자리가 있다는 것을 더 확신하게 되었습니다.

'여름'은 기댈 곳이 없는 청춘의 상징이기도 합니다. 가장 에너지가 넘치지만 열매는 아직 얻을 수 없는 저마다의 여름을 지나가는 청춘들에게 이 소설을 안부 인사처럼 전하고 싶었던 작은 바람은, 그때나 지금이나 같은 밀도로 진심입니다.

물론 변한 것도 있습니다.

바로 시간입니다. 이 책의 초판이 출간될 때보다 저는 조금 더 나이를 더 먹었는데, 고립된 채 나이 드는 사람은 없으니 저 역시 이 사회의 변화에 연동되어 함께 세월을 지나온 셈입니다. 변화하고 성장하는 세상에서 5년을 더 살아 온 지금, 소설의 주인공인 민이 타인의 집에서 허락 없이 30분씩 거주해 보는 삶의 방식이 동시대 독자들에게는 다소 불편한 마음을 불러일으킬지 모른다는 것을 의식하게 됩니다. 개정판에서는 이 부분을 최대한 조심스럽게 표현하려 했다는 것을 밝힙니다. 현재의 감수성으로 5년 전의 소설을 수정한다는 것이 소설에 대한 예의가 아닐까 봐 걱정도 됐지만, 소설에 대한 예의만큼 중요한 것이 독자를 향한 예의라고 생각하기에 이 변화를 고백하지 않을 수 없습니다. 그 이상의 이해, 그러니까 민에게는 그런 삶의 방식이 어쩔 수 없는 선택이었다는 것에 대한 공감은 소설의 일로 남겨 둡니다. 소설을 읽으면서 형성될 수도 있고 끝내 형성되지 못할 수도 있는 그 공감대는 이제 제 몫의 텍스트가 될 것입니다.

초판 '작가의 말'에는 『여름을 지나가다』가 저에게는 여섯 번째로 거주하게 된 생애였다는 문장이 있습니다. 이제는 여섯 번째이자 아홉 번째 집으로 남게 될 한 시절의 여름을 복원해 준 민음사에, 해설을 맡아 준 김요섭 비평가에게 감사의 마음을 전합니다.

2020년 5월

다가오는 여름 앞에서

조해진

타인의 고통에 대해 쓴다는 건 공감의 능력을 과시하려는 욕망이 아닐까, 아무것도 아니면서 글만 쓰면 되는 건가, 그런 식의 또 다른 고통을 불러오지만 그래도 쓰고 싶었다.

쓰고 싶었으니 썼고,

넘어져 다시 일어나도 또다시 넘어질 준비를 하는 그들처럼…….

여름 한철을 통과했다.

상흔이 남는 걸 안다 해도

훗날에라도 기꺼이 함께 지나가고 싶은,

나에겐 여섯 번째로 거주한 생애였다.

여름의 한가운데서 가장 먼저 여름을 읽어 준 권여선 작가님과 오랫동안 원고를 기다려 주고 꾸준히 용기를 주었던 박성근 에디터에게 온 마음을 다해 감사의 인사를 전한다. 그들의 수고를 생각하면 모든 것이 못내 부끄럽다. 《문예중앙》에도 고마운 마음을 전한다. 2004년에 《문예중앙》으로 등단하여 10년 뒤인 2014년 한 해 동안 이 소설을 연재한 것은 영원히 잊히지 않는 추억으로 남을 것이다. 작가로 사는 동안 《문예중앙》에 글을 싣는 것이 언제나 큰 바람이면 좋겠다.

소설이 뭔지 몰라 자주 헤매고
마음처럼 좋은 문장을 쓰지 못하면 절망하기도 하지만
한 가지는 거짓 없이 꿈꾼다.
진심을 다하여 글을 쓰고 싶다는 것,
그것만은 한 번도 의심하지 않았다.

이제 떠나보낸다, 나의
그리고 그들의
여름, 그 어둡게 반짝이는 조각들을,
푸른 시간의 테두리를.

2015년 8월

조해진

오늘의 작가 총서 33

여름을 지나가다

조해진 장편소설

1판 1쇄 펴냄	2015년 8월 31일
2판 1쇄 펴냄	2020년 5월 19일
2판 3쇄 펴냄	2022년 9월 21일

지은이	조해진
발행인	박근섭·박상준
펴낸곳	(주)민음사

출판등록	1966. 5. 19 제16-490호
주소	서울시 강남구 도산대로1길 62(신사동)
	강남출판문화센터 5층(06027)
대표전화	02-515-2000
팩시밀리	02-515-2007
홈페이지	www.minumsa.com

ⓒ조해진, 2020. Printed in Seoul, Korea

ISBN 978-89-374-2054-2 (04810)
ISBN 978-89-374-2050-4 (세트)

* 잘못 만들어진 책은 구입처에서 교환해 드립니다.

새로 잇고 다시 읽는 한국문학의 정수, 오늘의 작가 총서 시리즈